臧克家诗选

臧克家／著 王 晓／编选

人民文学出版社

图书在版编目（CIP）数据

臧克家诗选/臧克家著；王晓编选. —北京：人民文学出版社，2018（2020.8重印）
（语文阅读推荐丛书）
ISBN 978-7-02-014300-9

Ⅰ. ①臧… Ⅱ. ①臧… ②王… Ⅲ. ①诗集—中国—当代 Ⅳ. ①I227

中国版本图书馆 CIP 数据核字（2020）第 138896 号

责任编辑	樊晓哲
装帧设计	李思安　崔欣晔
责任校对	刘佳佳
责任印制	任　祎

出版发行　人民文学出版社
社　　址　北京市朝内大街 166 号
邮政编码　100705
网　　址　http://www.rw-cn.com

印　　刷　北京中科印刷有限公司
经　　销　全国新华书店等

字　　数　96 千字
开　　本　650 毫米×920 毫米　1/16
印　　张　16.25　插页 1
印　　数　23001—24000
版　　次　2018 年 7 月北京第 1 版
印　　次　2020 年 8 月第 3 次印刷

书　　号　978-7-02-014300-9
定　　价　32.00 元

如有印装质量问题,请与本社图书销售中心调换。电话:010-65233595

目　次

导读 …………………………………………… 1

不久有那么一天 ……………………………… 1
难民 …………………………………………… 3
变 ……………………………………………… 5
老哥哥 ………………………………………… 7
贩鱼郎 ………………………………………… 9
老马 ………………………………………… 11
当炉女 ……………………………………… 12
烙印 ………………………………………… 13
洋车夫 ……………………………………… 15
天火 ………………………………………… 16
神女 ………………………………………… 18
生活 ………………………………………… 20
歇午工 ……………………………………… 22
渔翁 ………………………………………… 24
罪恶的黑手 ………………………………… 26
逃荒 ………………………………………… 34
壮士心 ……………………………………… 36

1

自白	37
答客问	39
村夜	42
都市的春天	43
场园上的夏晚	45
秋	47
我们是青年	49
古城的春天	51
自己的写照	52
依旧是春天	102
吊诗人	103
从军行	105
别长安	107
换上了戎装	110
武汉,我重见到你	112
兵车向前方开	116
无名的小星	117
第一朵悲惨的花	119
《泥土的歌》序句	126
春鸟	127
走	130
地狱和天堂	132
手的巨人	133
海	135
反抗的手	137
窗子	138

穷	139
三代	140
送军麦	141
死水	142
他回来了	144
沉默	146
坟	147
希望	149
泪	151
梦	152
死	153
《感情的野马》序诗	154
霹雳颂	155
马耳山	159
变	166
生命的秋天	167
爱的熏香	174
星点（九首）	178
消息	182
毛泽东，你是一颗大星	183
人民是什么	187
邻居	189
"警员"向老百姓说	191
歌乐山	196
星星	199
竖立了起来	201

谢谢了,"国大代表"们! …………………………………… 205
生命的零度 …………………………………………………… 210
表现 …………………………………………………………… 214
照亮 …………………………………………………………… 216
有的人 ………………………………………………………… 217
海滨杂诗(组诗) ……………………………………………… 219
照片上的婴孩 ………………………………………………… 227
我的祝愿 ……………………………………………………… 230
蜜蜂 …………………………………………………………… 234
蜻蜓 …………………………………………………………… 236
我 ……………………………………………………………… 238

知识链接 ……………………………………………………… 239

导　读

　　臧克家是具有浓厚贫民意识的诗人，他对解救劳苦大众的事业满腹强烈的热情。他关注底层生民不是凌驾式的，而是置身其中的。1934年，不满30岁，臧克家"自白"自己："我是平凡，心永远在泥土里开花""不受生活的贿赂去为它低头"。"泥土"是臧克家诗中常见的意象，它蕴含的是什么呢？1942年，在诗歌《三代》里臧克家写道："孩子/在土里洗澡;/爸爸/在土里流汗;/爷爷/在土里葬埋。"很明显，臧克家诗歌中的泥土，就是土生土长并土埋的劳动的人群。并且，臧克家认定自己只能在他们中间开花。

　　在为臧克家的《烙印》写的序言里，闻一多说："克家的诗，没有一首不具有一种极顶真的生活的意义。没有克家的经验，便不知道生活的严重。"闻一多的话精准地道出了臧克家诗精神层面的东西。

　　1905年，辛亥革命爆发前，臧克家出生于山东诸城乡间。诸城土地十分集中，有关土地的争夺和压榨，在当年算是厉害的。富人家的谷仓里有可以做船板的大树，而贫苦农民像簇簇秋郊的禾堆一样,"静静地,孤寂地,支撑着一个大的凄凉"。贫富之间的巨大差异引发出来的种种暗淡的情景,构成了臧克家对社会的最早的认识。臧克家8岁时,生母离世。而父亲终年患病,也只活了34年。家庭的不幸造就了臧克家对于辛酸生活的敏感;特殊的经历又使他很小就和穷人家的孩子接触,并由此产生了另一种看待世界的视角。臧克家后来总结说:"童年的一段乡村生活,使我认识了人间的穷愁,疾苦和贫富的悬殊。"他说:"我的脉管里注入了农民的血。"

  1919年,"五四"运动爆发的时候,臧克家14岁,北京大学的学生来诸城,宣讲救国图存的道理,臧克家所在的诸城县第一高等小学也组织起来,参加宣传活动。群情激奋,痛哭流涕,那个爱国的景象,给臧克家留下了很深的印象。1923年,臧克家考入山东省立第一师范学校,在良好的校风影响下,臧克家大量接触"五四"新文化运动的成果。家国情怀,文化担当,社会责任从此注入了臧克家的血液里。他以"少全"的笔名撰写通讯,投寄《语丝》杂志,历数山东教育"读经"复古、压制学生的行为。周作人加以标题《别十与天罡》,发表在《语丝》第四十五期上。

  1926年,因为不满张宗昌治下的山东的黑暗酸腐,臧克家和族叔、同学一道走往武汉,第二年初,考入"中央军事政治学校"。国共合作时期,这所学校的校长是蒋介石,党代表汪精卫,教育长张治中,教官有恽代英、李季、施存统、周佛海等人。另有邓演达、苏兆征等共产党人经常到校演讲。由此臧克家初步接触到了共产党组织及其活动。这年4月,蒋介石在上海发动政变,武汉在短时期成了左翼革命的中心。5月,臧克家作为副班长跟随中央独立师到纸坊、汀泗桥等地方平息叛乱,7月,汪精卫等背叛革命,武汉被右派控制。形势突变,中央独立师被缴械,在亲友的帮助下,臧克家得以脱险,同共产党人一起化妆出走,逃回山东。但山东也不平静,回家不足一年,新婚仅两月的臧克家,再次逾墙出走,开始了一段只身流亡的生涯。在东北依兰,化名做过短期的地方法院的"录事",又因无衣过冬奔赴上海,并在那里与妻子会合,直到1928年春天,方才返回济南。

历经革命的高潮跌入低潮,被迫的孑然一身的漂泊生涯,在这个热血青年心里,留下了不可磨灭的印迹。可以说,臧克家诗歌很长一段时间表现出的与黑暗现实战斗的勇气,以及对于受欺凌人群的无限同情,都跟这一时期及少小的经历有关。正是这些生活锤炼出来的东西,圈定了臧克家人生发展的方向,使许多看似偶然的选择,有了必然的根基。同时也打造了臧克家诗歌的持久的内容核心。即或后来他的诗歌进入歌颂的主题,普通群众依然是其吟咏的对象。

臧克家出生的家庭有一个堂号:"凝翠轩"。堂号在旧时是财富和社会地位的象征。各家堂号取用的意思,多种多样,吉祥、恩宠或兴旺,都把堂主各自的念欲寄寓其中。诸城有辞章之乡的美称,"凝翠轩"的人爱读诗书。许多年以后,臧克家忆及少儿时期的祖父吟诗,想起的是祖父吟诵《长恨歌》。父亲和族叔组织诗社和邻村的文人赛诗,那情景也深种在他幼小的心灵里。9岁入私塾,熟读背诵了大量的古典诗文,并能套用于乡野的风光。1930年夏天,臧克家经过铭心刻骨的颠簸之后,投考了国立青岛大学,先入英文系,因为自感学英语无趣,转投中文系。中文系主任闻一多高兴地接纳了他,并告诉臧克家,他记得臧克家大学考卷上写的三句话《杂感》。1932年国立青岛大学更名为国立山东大学。1934年臧克家毕业。

　　1923年,臧克家在山东省立第一师范学校接受进步思想的时候,闻一多出版了第一本诗集《红烛》,1928年,臧克家精神上彷徨无计的时候,闻一多出版了第二本诗集《死水》。两本诗集都因为反帝国主义思想和唯美主义的风采,轰动文坛。大学期间,臧克家和闻一多结下了深厚的师生情谊。臧克家回忆说:"闻先生对我的帮助非常大,在他的办公室,他的家中,经常有我俩对坐谈诗的身影。我每写出一篇自认为不错的诗,便拿去给闻先生看。他常和我一起吸着纸烟,朋友似的交谈着。他告诉我这篇诗的好处,缺点。哪个想象很聪明,哪个字下得太嫩。有时他会在认为好的句子上画上双圈。如果这句话正是我所得意的,我会高兴得跳起来。"闻一多签名并钤章赠送他一本《死水》,一读之下,臧克家把自己一大本习作用火烧掉了。自此,他以《死水》作为学诗的范本,习求有个性的好诗的韵味。

　　1933年,闻一多促成了臧克家第一本诗集《烙印》的出版,引起了广泛的重视,奠定了臧克家的诗人地位。臧克家说:"没有《死水》,可以说就不会有《烙印》""在塑造自己的风格时,闻一多先生给了我非常大的影响。他《死水》中的那些具有强烈的爱国情操和音乐的美、绘画的美、建筑的美的极富感染力的诗篇,是我学习的榜样。"有人说,闻一多门下有诗歌高足"二家":陈梦家和臧克家。臧克家说:"梦家的诗在天上,我的心在泥土里。"

　　从山东省立第一师范学校或更早一点开始,臧克家有大量的新文学阅读的体验,他崇拜过《女神》,也喜欢《志摩的诗》,而他真正找到自己,却是在闻一多这里。从山东大学出来以后,不管他从事什么职业,参加怎样的社会运动,他的身份首先都是诗人。

　　家庭氛围的古典文学熏陶,求学时期的新文学影响,造就了臧克家诗歌的风格。鲁迅在《拿来主义》一文中说:"采用外国的良规,加以发挥,使我们的作品更加丰满是一条路;择取中国的遗产,融合新机,使将来的作品别开生面也是一条路。"事实上,中国新诗,尤其是早期新诗,鲁迅先生所说的两条路的区分是非常明显的。艾青和臧克家,同样是现当代文学史上留名的人物,同样在三十年代初对诗坛造成巨大影响。有权威的评论文章,把艾青作为前一条路的代表,把臧克家作为后一条路的代表。没有高下,这和各个人的身份背景和受教经历不同有关。主动与被动,谁说得清呢?总结臧克家的诗歌特点,首先被人所注意的,就是中国传统文化因素。闻一多由臧克家的诗想到孟郊的诗,不是没有根据的。臧克家的诗意境的营造深受古典诗词的影响,明显的一例可见他的《壮士心》,有辛弃疾孤悲醉酒,仗剑拍案的影子。还有《渔翁》:"夕阳里载一船云霞,/静波上把冷梦泊下,/三月里披一身烟雨,/腊月天飘一蓑衣雪花。"这里,逐个形象搭建起来的完整意境,只有在中国传统绘画里,能读到似曾相识的感觉。不独古典意境,臧克家还追求其诗歌的传统音韵效果。来看《自己的写照》这几句不算特别典型的句子:"埃及这块踏脚的石头,/也忽然翻起了身子,/民众用血,用大手,/掣去颈上的铁链大呼要自由!"这是一段很现实的罗列,但作者格外用心于韵脚:一三四句押住一个韵。这本小书读下来,我们可以发现许多这样的事例。另外,潜心读臧克家的诗还能发现,他苛求用字的痕迹。前面引他回忆和闻一多诗歌交往的话:"他告诉我这篇诗的好处,缺点。哪个想象很聪明,哪个字下得太嫩。"注意:"哪个字下得太嫩"句里的"下得",很形象地表现出闻一多在一字上的纠缠。先生这样,弟子也是这样。我们细品上面《渔翁》里的几个动词,凝练有动感,意味深长。托物言情,是臧克家诗歌的又一个特点。比如那首著名的《有的人》这样写道:"把名字刻入石头的,/名字比尸首烂得更早;/只要春风吹到的地方,/到处是青青的野草。"臧克家的诗所以进入各种现当代文学史的选本,很大一部分原因是其现实的撞击力中,蕴蓄了传统的重量。

然而,读臧克家的诗,有一点我们必须注意到,臧克家是一个现实感很强的诗人,其创作的终极目的在对现世社会、现实心境的表述上,即或热衷新诗表现中的古典美探索,苛求文字和风格,也是从内容出发,最后落在内容实处的。1945年9月,臧克家写过一首《消息》,只有短短的两句:"一听到最后胜利的消息,/故乡,顿然离我遥远了。"这是非常合现代体式的诗,读者感受到了某种力量,但不那么容易把握它。谁能否认,这是作者真实的心理写照呢?事实上,作为新诗的写作者,臧克家的许多作品,可以读出民间说唱的意味,可以看到象征主义的色彩。1940年代中后期,臧克家写了一组讽刺诗,和闻一多联想到孟郊的那个臧克家相比,那差不多是另外一个臧克家的身影了。

这里讲了许多,并不全面,目的在于给年轻的读者提供一个阅读的路径。作为对中国新诗的发展有贡献的诗人,有关臧克家作品的讨论依然在进行中。读一个人的诗集与读多人诗作品的合集不一样,喜欢也好,不喜欢也好,一定要先把作者还原成人,从一个生活中的人出发;要尽可能完整地了解其出身背景、成长经历、个人心性和创作的时代。可以接触一些评论和剖析文章,但不要轻易地放弃自己的感受。读诗写诗是个相对有个性的事情,翻览之下,看看自己被哪首诗或哪几句诗击中了,再想想为什么被击中,如此往下递进。读诗不是急于求成的事情,有时间反复读最好,当然反复读要选择自己喜欢的部分。1940年代末,有现代诗是不是以能朗诵为好的讨论,仁者见仁,智者见智。这是不是与诗歌的风格形式有关呢?但不管怎样,读臧克家的诗,念出声来接收和把握的效果肯定会更好。

另外,这里需要特别补充一点:作者早期的诗作,尤其是1950年代以前的诗作,一些字词是按照当时语言习惯和规范使用的。今天我们学习使用中一定要按照现在的规范,以《现代汉语词典》为准。

王 晓

不久有那么一天

不要管现在是怎样,等着看,
不久有那么一天,
宇宙扪一下脸,来一个奇怪的变!
天空耀着一片白光,
黑暗吓得没处躲藏,
人,长上了翅膀,带着梦飞,
赛过白鸽翻着清风,
到处响着浑圆的和平。
丑恶失了形,美丽慌张着
找不到自己的影,
偶然记起前日的人生,
像一个超度了的灵魂,
追忆几度轮回以前的秽形。
不过,现在你只管笑我愚,
就像笑这样一个疯子,
他说:"太阳是从西天出,

黄河的水是清的。"
这话于今叫我拿什么证实?
阴天的地上原找不到影子,
但请你注意一件事:
暗夜的长翼底下,
伏着一个光亮的晨曦。

       1931年冬

难　民

日头坠到鸟巢里,
黄昏还没溶尽归鸦的翅膀,
陌生的道路,无归宿的薄暮,
把这群人度到这座古镇上。
沉重的影子,扎根在大街两旁,
一簇一簇,像秋郊的禾堆一样,
静静地,孤寂地,支撑着一个大的凄凉。
满染征尘的古怪的服装,
告诉了他们的来历,
一张一张兜着阴影的脸皮,
说尽了他们的情况。
螺丝的炊烟牵动着一串亲热的眼光,
在这群人心上抽出了一个不忍的想象:
"这时,黄昏正徘徊在古树梢头,
从无烟火的屋顶慢慢地涨大到无边,
接着,阴森的凄凉吞了可怜的故乡。"

铁力的疲倦，连人和想象一齐推入了朦胧，
但是，更猛烈的饥饿立刻又把他们牵回了异乡。
像一个天神从梦里落到这群人身旁，
一只灰色的影子，手里亮出一支长枪，
一个小声，在他们耳中开出个天大的响：
"年头不对，不敢留生人在镇上。"
"唉！人到哪里灾荒到哪里！"
一阵叹息，黄昏更加了苍茫。
一步一步，这群人走下了大街，
走开了这异乡，
小孩子的哭声乱了大人的心肠，
铁门的响声截断了最后一人的脚步，
这时，黑夜爬过了古镇的围墙。

1932年元旦于古琅玡

变

当我的生命嫩得像花苞,
每样东西都朝着我发笑,
(现在不忍一件一件从头数了。)
那时活着,像流水穿过花间,
拉长了一条希望的白链,
那时只顾赶着好玩,
一颗小心飞在半天,
谁记清枉抛了欢情多少?
还有不值钱的笑。
这确乎不是才滚下了梦缘,
前日的东西怎么全变了脸?
回头看自己年华的光辉,
颜色退到了可怜的惨白,
低头我在黑影中哭着找——
半截的心弦上挂满了心跳,

然而我还有勇气往下看，
我拭干眼泪瞅着你们变。

1932 年 2 月

老哥哥

"老哥哥,翻些破衣裳干吗?
快把它堆到炕角里去好了。"
"小孩子,不要闹,时候已经不早了!"
(你不见日头快给西山接去了?)
"老哥哥,昨天晚上你不是应许
今天说个更好的故事吗?"
"小孩子,这时你还叫我说什么呢?"
(这时你叫他从哪儿说起?)
"老哥哥,你这霎对我好,
大了我赚钱养你的老。"
"小孩子,你爸爸小时也曾这样说了。"
(现在赶他走不算错,小时的话哪能当真呢。)
"老哥哥,没听说你有亲人,
你也有一个家吗?"
"小孩子,你这儿不是我的家呀!"
(你问他的家有什么意思?)

"老哥哥,你才到俺家时,我爸爸
不是和我这时一样高?"
"小孩子,你问些这个干什么?"
(过去的还提它干什么?)
"老哥哥,你为什么不和以前一样
好好哄我玩了?"
"小孩子,是谁不和以前一样了?"
(这,你该去问问你的爸爸。)
"老哥哥,傍落日头了,牛饿得叫,
你快去喂它把草。"
"小孩子,你放心,牛不会饿死的呀!"
(能喂牛的人不多得很吗?)
"老哥哥,快不收拾吧,你瞧屋里全黑了,
快些去把大门关好。"
"小孩子,不要催,我就收拾好了。"
(他走了,你再叫别人把大门关好。)
"老哥哥呀,你……你怎么背着东西走了?
我去和我爸爸说。"
"小孩子,不要跑,你爸爸最先知道。"
(叫他走了吧,他已经老得没用了!)

1932 年 3 月

贩鱼郎

鱼在残阳中闪金光,
大家的眼亮在鱼身上,
秤杆在他手底一上一下,
他的脸是一句苦话。

人们提着鱼散了阵,
把他剩给了黄昏,
两只空筐朝他看,
像一双失望的眼。

"天大的情面借来的本钱,
末了赚回了不够一半,
早起晚眠那不敢抱怨,
本想在苦碗底捞顿饱饭。"

暗中潮起一阵腥气,

银元讥笑在他的手里,
双手拾起了空筐,当他想到:
家里挨着饿的希望。

1932年4月于青岛

老　马

总得叫大车装个够,
它横竖不说一句话,
背上的压力往肉里扣,
它把头沉重地垂下!

这刻不知道下刻的命,
它有泪只往心里咽,
眼里飘来一道鞭影,
它抬起头望望前面。

1932 年 4 月

当 炉 女

去年,什么都是他一手担当,
喉咙里,痰呼呼地响,
应和着手里的风箱,
她坐在门槛上守着安详,
小儿在怀里,大儿在腿上,
她眼睛里笑出了感谢的灵光。

今年,是她亲手拉风箱,
白绒绳拖在散乱的发上,
大儿捧住水瓢蹀躞着分忙,
小儿在地上打转,哭得发了狂,
她眼盯住他,手却不停放,
果敢咬住牙根:"什么都由我承当!"

1932 年 8 月

烙　印

生怕回头向过去望，
我狡猾地说"人生是个谎"，
痛苦在我心上打个印烙，
刻刻警醒我这是在生活。

我不住地抚摩这印烙，
忽然红光上灼起了毒火，
火花里迸出一串歌声，
件件唱着生命的不幸。

我从不把悲痛向人诉说，
我知道那是一个罪过，
浑沌地活着什么也不觉，
既然是谜，就不该把底点破。

我嚼着苦汁营生，

像一条吃巴豆的虫,
把个心提在半空,
连呼吸都觉得沉重。

1932 年

洋 车 夫

一片风啸湍激在林梢,
雨从他鼻尖上大起来了,
车上一盏可怜的小灯,
照不破四周的黑影。

他的心是个古怪的谜,
这样的风雨全不在意,
呆着像一只水淋鸡,
夜深了,还等什么呢?

1932 年

天　火

你把人生夸得那样美丽，
像才从鲜柯上摘下来的，
在上面驰骋你灵幻的光，
画上一个一个梦想。

这你也可以说是不懂：
浓云把闷气写在天空，
蜻蜓成群飞，带着无聊，
那是一个什么征兆。

一个少女换不到一顿饭吃，
人肉和猪肉一样上了市，
这事实真惊人又新鲜，
你只管掩上眼说没看见。

我知道你什么都谙熟，

为了什么才装作糊涂，
把事实上盖上只手，
你对人说："什么也没有。"

人们有一点守不住安静，
你把他斫头再加个罪名，
这意义谁都看清，
你要从死灰里逼出火星。

不过，到了那时你得去死，
宇宙已经不是你的，
那时火花在平原上灼，
你当惊叹："奇怪的天火！"

1932 年

神 女

天生一双轻快的脚,
风一般的往来周旋,
细的香风飘在衣角,
地衣上的花朵开满了爱恋。
(她从没说过一次疲倦。)

她会用巧妙的话头,
敲出客人苦涩的欢喜,
她更会用无声的眼波,
给人的心涂上甜蜜。
(她从没吐过一次心迹。)

红色绿色的酒,
开一朵春花在她脸上,
肉的香气比酒还醉人,
她的青春火一般的狂旺。

(青春跑得多快,她没暇去想。)

她的喉咙最适合歌唱,
一声一声打得你心响,
欢情,悲调,什么都会唱,
只管说出你的愿望。
(她自己的歌从来不唱。)

她独自支持着一个孤夜,
灯光照着四壁幽怅,
记忆从头一齐亮起,
嘘一口气,她把双眼合上。
(这时,宇宙间只有她自己。)

1933 年元旦

生　活

这可不是混着好玩,这是生活,
一万支暗箭埋伏在你周边,
伺候你一千回小心里一回的不检点,
灾难是天空的星群,
它的光辉拖着你的命运。
希望是乌云缝里的一缕太阳,
是病人眼中最后的灵光,
然而人终须把它来自慰,
谁肯推自己到绝境的可怜?
过去可喜的一件件,
(说不清是真还是幻)
是一道残虹染在西天,
记来全是黑影一片,
惟有这是真实,为了生活的挣扎
留在你心上的沉痛。
它会教你从棘针尖上去认识人生,

从一点声响上抖起你的心,
(哪怕是春风吹着春花)
像一员武士在嘶马声里想起了战争。
那你再不会合上眼对自己说:
"人生是一个无据的梦。"
更不会蒙冤似的不平,
给蚊虫呷一口,便轻口吐出那一大串诅咒。
在人生的剧幕上,你既是被排定的一个角色,
就当拼命地来一个痛快,
叫人们的脸色随着你的悲欢涨落,
就连你自己也要忘了这是做戏。
你既胆敢闯进这人间,
有多大本领,不愁没处施展,
当前的磨难就是你的对手,
运尽气力去和它苦斗,
累得你周身的汗毛都擎着汗珠,
但你须咬紧牙关不敢轻忽;
同时你又怕克服了它,
来一阵失却对手的空虚。
这样,你活着带一点倔强,
尽多苦涩,苦涩中有你独到的真味。

1933 年 4 月

歇 午 工

放下了工作，
什么都放下了，
他们要睡——
睡着了，
铺一面大地，
盖一身太阳，
头枕着一条疏淡的树荫，
这个的手搭上了那个的胸膛。
一根汗毛
挑一颗轻盈的汗珠，
汗珠里亮着坦荡的舒服。
阳光下,铁色的皮肤上
开一大片白花，
粗暴的鼾声扣着
呼吸的匀和。
沉睡的铁翅盖上了他们的心，

连个轻梦也不许傍近,
等他们静静地
睡过这困人的正晌,
爬起来,抖一下,
涌一身新的力量。

1933年6月

渔 翁

一张古老的帆篷,
来去全凭着风,
大的海,一片荒凉,
到处飘泊到处是家。
老练的手
不怕风涛大,
船头在浪头上
冲起朵朵白花。
夕阳里载一船云霞,
静波上把冷梦泊下,
三月里披一身烟雨,
腊月天飘一蓑衣雪花。
一支橹,曳一道水纹,
驶入了深色的黄昏,
在清冷的一弦星光上
拨出一串寂寞的歌。

听不尽的涛声,
一阵大,一阵小——
饥困的吼叫,冷落的叹息,
飘满海夜了。
死沉沉的海上,
亮着一点火,
那就是我的信号,
启示的不是神秘,是凄凉。

      1933年6月

罪恶的黑手

一

在这都市的道旁,
划出一块大的空场,
在这空场的中心,
正在建一座大的教堂。

交横的木架比蛛网还密,
像用骷髅架起的天梯,
一万只手,几千颗心灵,
从白到黑在上面搏动。

这称得起是压倒全市的一件神工,
无妨用想象先给它绘个图形:
"四面高墙隔绝了人间的罪恶,

里边的空气是一片静寞,
一根草,一株树,甚至树上的鸟,
只是生在圣地里也觉得骄傲。

大门顶上竖一面大的十字架,
街上过路的人都走在它底下,
耶稣的圣像高高在千尺之上,
看来是怎样的伟大、慈祥!

他立在上帝与世人中间,
用无声的话传达主的教言:
'奴隶们,什么都应该忍受,
饿死了也要低着头,
谁给你的左腮贴上耳光,
顶好连右腮也给送上,
忍辱原是至高的美德,
连心上也不许存一丝反抗!
人间的是非肉眼哪能看清?
死过之后主自有公平的判定。'

早晨的太阳先掠过这圣像,
从贵人的高楼再落到穷汉的屋上,
黄昏后,这四周严肃得叫人害怕,
神堂的影子像个魔鬼倒在地下。

早晨的钟声像个神咒,
(这钟声不同别处的钟声。)
牵来了一群杂色人等,
男女牧师们走在前面,
黑色的头巾佩着长衫,
微风吹着头巾飘荡,
仿佛罪恶在光天之下飞扬。

后面逐着些漂亮男子,
肥白的脸皮上挂着油丝,
脚步轻趋着,低声交语,
用心做了一脸肃穆。

还有一队女人缀在后边,
脂粉的香气散满了庭院,
一个用长臂挽着别个,
像一个花圈套一个花圈。

阳光像是主的爱,照着这群人,
也照着他们脚下的石阶,
钟声一阵暴雨的急响,
送他们进了神圣的教堂。
中间有的是刚放下了屠刀,
手上还留着血的腥臭;
有的是因为失掉了爱情,

来到这儿求些安宁；
有的在现世享福还嫌不够，
为来世的荣华到此苦修；
有的是宇宙伤了他多情的心，
来对着耶稣慰藉心神；
有的用过来眼看破了人生，
来求心上刹那的真诚；
有的不是来为了求恕，
不过为追逐一个少女。
虽是这些心的颜色全然异样，
然而他们统统跪下了，朝着上方。

牧师登在台上像威权临着这群众，
用灵巧的嘴，
用灵巧的手势，
讲着教义像讲着真理。
他叫人好好管束自己，
不要叫心作了叛逆，
他怕这空说没有力量，
又引了成套惩劝的旧例。

每次饭碗还没触着口，
感谢的歌声先颤在咽喉，
晚上每在上床之前，
先用祈祷来作个检点，

这功课在各人心上刻了板,
他们做来却无限新鲜。"

二

然而这一切,一切未来的繁华,
与脸前这一群工人无干,
他们在一条辛苦的铁鞭下,
只忙着去赶契约上的期限。

有的在几千尺之上投下只黑影,
冒着可怕的一低头的晕眩。
石灰的白雾迷了人形,
泥巴给人涂一身黑点。
铁锤下的火花像彗星向人扫射,
风挟着木屑直往鼻眼里钻。

这里终天奏着狂暴的音乐:
人群的叫喊,轧轧的起重机,
你听,这是多么高亢的歌!
大锯在木桩上奏着提琴,
节奏的铁砧叩着拍子,
这群工人在这极度的狂乐里,
活动着,手应着心,也极度地兴奋。

有的把巧思运入一方石条的花纹，
有的持一块木片仔细地端详，
有的把手底的砖块飞上半空，
有的用罪恶的黑手捏成耶稣慈悲的模样。

这群人从早晨背起太阳，
一天的汗雨泄尽了力量；
平地上，一万幕灯火闪着黄昏，
灯光下喘息着累倒了的心。

他们用土语放浪地调笑，
杂一些低级的诙谐来解疲劳，
各人口中抽一缕长烟，
烟丝中杂着深味的乡谈，
那是家乡场园上用来消夏夜的，
永不嫌俗，一遍两遍，不怕一万遍，
于今在都市中他们也谈起来了，
谈起也想起了各人的家园。
他们一点也不明白为什么要盖这教堂，
却惊叹外洋人真是有钱，
同时也觉得说不出的感激，
有了这建筑他们才有了饭碗。
（虽然不像是为了吃饭才工作，
倒是像为了工作才吃饭。）

这大建筑把这大众从天边拉在一起，
陌生的全变成亲热的兄弟，
白天忙碌紧据在各人的心中，
没有闲暇去做思乡的梦，
黑夜的沉睡如同快活的死，
早晨醒来个奴隶的身子。
是什么造化，谁做的主，
生下他们来为了吃苦？
太阳的烤炙，风雨的浸淋，
铁色的身上生起片片的黑云，
机器的凶狞，铁石的压轧，
谁的体躯是金钢铸成？
家室的累赘，病魔的侵袭，
苦涩中模糊了无色的四季。
一阵头晕，或一点不小心，
坠下半空成一摊肉泥，
这真算不了什么稀奇，
生死文书上勾去个名字；
然而他们什么都不抱怨，
只希望这工程的日期延长到无限。

三

不过天下的事谁敢保定准？
今日的叛逆也许是昨日的忠心，

谁料定大海上哪霎起风暴？
万年的古井也说不定会涌起波涛！
等这群罪人饿瞎了眼睛，
认不出上帝也认不清真理，
狂烈的叫嚣如同沸水，
像地狱里奔出来一群魔鬼，
用蛮横的手撕碎了万年的积卷，
来一个无理性的反叛！
那时，这教堂会变成他们的食堂或是卧室，
他们创造了它终于为了自己。
那时这儿也有歌声，
不是神秘，不是耶稣的赞颂，
那是一种狂暴的嘻嚷，
太阳落到了罪人的头上。

1933年9月5日全夜写强半，6日完成于青岛

逃 荒

（报载：二百万难民忍痛出关，感成此篇）

几茎芦荻摇着大野，
秋的宇宙是这么寥廓，
在这样寥廓的碧落下，
却没寸地容我们立脚！
一条无形的鞭子扬在身后，
驱我们走上这同样的路，
心和心像打通了的河流，
冲向天涯,挟着怒吼！
不要回头再一望家乡，
它身上负满了炮火的创伤，
（这炮火卑污的气息叫人恶心，
也该感谢,它重生了我们。）
横暴的锋锐入骨的毒辣，
大好田园灾难当了家。
没法再想:春天半热的软土炙着脚心的痒痒，

牛背上驮着夕阳；
过了一阵夏天的雨，
跑去田野听禾稼刷刷地长；
秋场上的谷粒在残阳中闪着黄金，
荒郊里剩半截禾梗磨着秋响；
严冬的炕头最是温柔，
妻子们围着一盆黄粱。
这一些，这一些早成了昨夜的梦，
今日的故乡另是一个模样。
一步一个天涯，我们在探险，
脚底下陷了冰窟，说不定对面腾起青山。
我们没有同胞！上帝掌中的人们
不要在这些人身上浪费一声虚伪的嗟叹，
秋风倒有情，张起了尘帆，
一程又一程，远远地送着，
山海关的铁门一闭，
从此我们没了祖国！

　　　　　　　　1933年11月3日

壮 士 心

江庵的夜和着青灯残了,
壮士的梦正灿烂地开花,
枕着一卷兵书一支剑,
灯光开出了一头白发。

突然睁大了眼睛,战鼓在催他,
(深殿里木鱼一声又一声)
跨出门来,星斗恰似当年,
铁衣上响着塞北的朔风。

前面分明是万马奔腾,
他举起剑来嘶喊了一声,
从此不见壮士归来,
门前的江潮夜夜澎湃。

1934 年 1 月 11 日于青岛

自　白

我是平凡,心永远在泥土里开花,
再不去做那些荒唐的梦,
这世纪,魔鬼撕破了真理的面孔,
还给它捏造了无数的诡名,
思想,一条透明的南针,
永不回头,我朝着前进,
像一只大鹏掠过了苍空,
翅膀下透出来一串响声。
百炼的钢条铸成了我的骨头,
那么坚韧,又那么多的锋棱,
不受生活的贿赂去为它低头,
喧豗的大河是我的生命。
你相信风能撼摇铁的树头,
可是你更得相信我这个心!
(血肉可以给刀刃剁成烂泥,
然而骨子永远是我的!)

在这一片撒谎的日子里,
我给人间保留一丝天真,
我是热情,要用一勺沸水
去浇开宇宙的坚冰。
恐怖就让它是六月的淫雨,
我却能估得透它的寿命,
并不胆怯,你看脸前那一列人影,
(无数的心在我的心上跳动)
我将提起喉咙高歌正义,
不做画眉愿做只天鸡。

1934 年 1 月 14 日

答 客 问

我才从乡村里来,
这用不到我说一句话,
你只须望一望我的脸,
或向着我的衣襟嗅一下。
我很地道地知道那里的一切,
什么都知道,
像一个孩子知道母亲一样,
他清楚她身上的哪根汗毛长。
你要问什么?
问清明时节纷纷细雨中
长堤上那一行烟柳的濛濛?
还是夕阳下,春风里,
女颊映着桃花红?
问炎夏山涧沁出的清凉,
黄昏朦胧中蝙蝠傍着古寺飞翔?
还问什么?

问秋山的秀,
秋风里秋云的舒卷,
无边大野上残照的苍凉?
我知道你要问冬夜里那八遍鸡声,
一个老妪摇着纺车守一盏昏黄的小灯。
你要问这,这我全熟悉,
可是我要告诉你的是另外的一些事。
你听了不要惊惶,也无须叹气,
那显得你是多么无知。
我告诉你,乡村的庄稼人
现在正紧紧腰带挨着春深,
他们并不曾放松自家,
风里雨里把身子埋在坡下,
他们仍然撒种子到大地里,
可是已不似往常撒种也撒下希望,
单就叱牛的声音,
你就可以听出一个无劲的心!
他们工作,不再是唱呕呕地高兴,
解疲劳的烟缕上也冒不出轻松,
这可怪不得他们,一条身子逐着日月转,
到头来,三条肠子空着一条半!
八十老妪口中的故事,
已不是古代的英雄而是他们自己,
她说亲眼见过长毛作反,
可是这样的年头真头一回见!

凭着五谷换不出钱来，
不是闹兵就是闹水灾，
太阳一落就来了心惊，
头侧在枕上直听到五更，
饥荒像一阵暴烈的雨点，
打得人心抬不起头来，
头顶的天空一样是发青，
然而乡村却失掉了平静！

     1934年3月22日于相州

村　夜

太阳刚落，
大人用恐怖的故事
把孩子关进了被窝，
(那个小心正梦想着
外面朦胧的树影
和无边的明月)
再捻小了灯，
强撑住万斤的眼皮，
把心和耳朵连起，
机警地听狗的动静。

1934 年 3 月 22 日于诸城相州

都市的春天

一只风筝缢死在电杆梢，
一个春的幌子在半空招摇，
这里没有一条红，一条绿，
做一道清线记春的来去。

东风在臭水上扬起了波澜，
穷孩子在里边戏弄着春天，
遍体不缀一点布块，
从天上掉下来一身自在。

工人们摔掉了开花的棉袄，
阳光钻入了铁的胸膛，
他们有力地伸一伸双臂，
全体的生机顺着风长。

高楼上的人应该更懒，

一个梦远到天边：

深巷里一声卖花，

一双蝴蝶飞过南园。

$\qquad$ 1934 年 4 月 28 日

场园上的夏晚

我永不忘记太平年代的夏晚,
夏晚乡村里那恋人的场园。
蝙蝠翅膀下闪出了黄昏,
蛛网上斜挂着一眼热闷,
推开饭碗,擦一把臭汗,
大人孩子提一领蓑衣跑去了场园。
场园上没有不快的墙垣,
风从禾稼声中吹来,全无遮拦,
像四面的清流泄下了山岩,
各人拣好一块地方,
坐卧那全凭自己的心愿,
先来后到的一阵乱打招呼,
(从脚步上认,全用不到看脸)
时间候到了最后的一人,
一轮满月正挂在东天。
树影在这群人身上乱扫,

扫净了一切,只一缕看不见的香烟
氤氲在人和人中间。
大人的脸对着天空,
心里念着一些星名,
他们用星决定未来,
银河弦上系着命运,
一颗彗星偶然扫过,
给他们添了一份担心!
小孩子强支住恐惧,闭着眼,
(黑影里没法看那张脸!)
用拔不出来的耳朵听红毛的鬼怪
从大人口里慢慢地跳出来,
直等到妈妈隔墙遥呼,
(呼声里带着亲爱的骂辞)
才哀求大人送他们家去,
眼缝里闪来了远处的鬼火,
拼命地掣紧大人的衣角,
夜里来一场心跳的梦,
一个红毛鬼打一个灯笼。
夜在场园上飞,人却不知觉,
不知觉地淡尽了天上的星月,
阳光钻开了隔夜的眼睛,
爬起来,只觉得一身露重。

1934 年 7 月 5 日
村夜恐怖不敢眠,对闷热的灯火成此。

秋

我想,一定有人衔一支烟,
从纸窗缝里望着雨中的庭院,
凄清的雨丝洒下了半空,
人的愁丝和雨丝搅成一团。

也一定有人向傍晚的红日,
念起千里外故乡的云烟,
或者拖一只冷冷的影子,
向大野里去找谢了的童年。

可有人认识眼前的秋天?
它在穷人的脸上是多么鲜艳!
凄清到处流溢着夜哭,
夜,静静地又把哭声咽住!

荒郊上,凉风吹出了白骨一片,

谁会想到：

鸭绿江上的秋色

已度不过山海关！

1934 年 10 月 2 日

我们是青年

头顶三尺火,仰起脸
一口可以吞下青天,
一双眼锐利地
专在人生的道上探险,
三句话投不着心,
便捏起了拳头,
活力在周身跳动着响,
真恨地上少生了个环!
叫世故磨光了头皮的人们笑吧,
我们全不管,
秋后的枯草
也配来嘲笑春天?

黑暗的云头最先在我们心上抽鞭,
红热的心是一支火箭!
宇宙在当前是错扣了的连环,

我们要解开它,
照着正直的墨线
重新另安!
擎起地球来使它翻个身,
提起黄河来叫它倒转,
相信自己的力量吧,
我们是青年!

      1935 年 2 月

古城的春天

眼前挂上了昏黄的风圈,
沙石的冕旈晃得人发眩,
纵然残堞偷来了绿色,
三尺以内望不到春天。

丛丛的荒冢
是朵朵的黄花,
簪在了这古城
霜白的鬓边。

城根下的古槐空透了心,
用一枝绿手,招醒了城下的土人,
走出门来望一望钢板的地,
空叹声:"一犁春雨一犁金。"

1935 年 3 月 26 日于临清

自己的写照

一

秋夜的枕头上长不住睡眠,
小屋有如枯墓的阴暗,
是鬼的舌头在舐着窗纸?
一点灯光闪出一眼蓝。

是什么声浪从八方涌来,
叫着我的名字呼喊?
一会儿又细细地向我耳语,
一会儿语气转成了指点,
忽然变得像三峡的湍流,
挟着愤怒朝我耳中直灌!

像被正义敲着了疮疤,

羞色烧热了我的瘦脸，
轻喟了一声，
扪一下自己的心，
我试它
像滚圆的红日在胸中动转！

当一匹倦骥吃一踢马刺，
还会向前抢上一步，
我，一个年纪刚傍午的青年，
能甘心让消沉挖断生命的根土？

我长着一双眼专为了向前看，
性子硬朗得比岭顶的"窝蓝"①，
因为生我的村子像一尊孤岛，
傲岸地睥睨在莽莽的土海间。

身子是支敏感的水银柱，
测透了七情高低的度数，
人生的影像在眼前，
谁知已有多少次的变转，
我像一个小孩子
从洋片的镜头中
拔出了惊奇的双眼！

---

① 系一种小鸟，飞得越高，叫得越起劲。岭顶所产者叫声清劲，故我乡有"岭头窝蓝——叫的硬"一歇后语。（作者注）

小时候,门前秃顶的两支旗杆,
像两位枯朽的老人
指示着,叫我在西风里
听聆他道出荣华的那一段。

匾上的黄字褪净了金光,
叫一屋炊烟熏成个黑脸,
这比方是面空洞的古崖垭,
斑驳中印下了潮流的线。

前朝的腐尸里滋长了精英,
时势将迫出敢干的英雄,
混乱的江山等着人收拾,
天下的人心迷了道路,
只须一个人登高一呼!

六曾祖手中的大旗一扬,
十万叛徒立刻啸聚,
"穷困的人我们是兄弟,
同在这面旗子下夺取富人的粮食!"
事实还没有酿熟新的时势,
龙颜大怒,
一口噓倒了
他苦心垒就的官级。

一身硬骨头,
一身全是胆,
亲口告诉我这个孩子,
他说"官家就是人民的奴隶"!

祖,父,叛逆的事迹我可说不清,
(书生造反,你知道,
全凭一时义气的激动,)
只记得他们把祸乱带给了家庭,
娘娘①带我到山村去逃命,
风声火急,故乡旦夕就要挖成了坑!

我曾在故纸堆里发现过
他们流亡的记事:
六月天,假发上盖一顶硬的帽子,
像一个幽灵逃避太阳,
像一颗炸弹向幽僻处滚,
没有谁大胆敢来惹逗,
可是最亲切的故旧
也都用恭敬的双手把你捧走!

惊,气,牵去了我的娘娘,
那年我整整八岁,

---

① 母亲。

清楚地记得,老哥哥担一担菜笼
我跟他去拜一座新坟。

大大①的心一半属革命一半属女人,
姑们常指着我身上的时式花衣笑问:
"你知道外边的哪个娘娘
给你做来的这一身新?"

当人人爱他那头丝发的时候,
八叔手中的剪刀咬去了我那条小辫,
一条身子穿着两个时代,
大清的江山也叫我那条辫子摔开!

胯下的竹马驰去了我的童年,
梦里腾云的翅膀从此折断,
我刚估透了天真的价,
天真便一手把我推远!

从此我便招来了魔鬼,
(这可不能埋怨,
谁叫你身上先自燃了欲火!)
化一千个样它向我诱惑,
人生的棋盘上原有一定的着,

---

① 父亲。

可是青春这一步最容易走错!

和别人一样,我也曾玩过爱情的火,
几乎把颗心叫它烧烂,
冒着死,在音乐声中
送我爱的人到人家的床前!

像童年的日子里没有黑天,
悲哀的来永远是一串!
眼看病魔的慢口
咬着大大生命的根,
它不叫他即死,
它爱听他那接近死亡的呻吟!
三年的工夫壁上印上了他的偏影,
(可怜渐细的气力
不让他的身子转动!)
贴身的褥子渍得血红!

眼看着病魔的毒手
接连着掇走了我心上的众亲,
看戏的时候从此知道为悲剧落泪,
悟开了欢笑不过是一时骗人!

穷乡的景象我告诉你,那我全懂,
因为我的身子原就在这里面扎根。

我知道一匹布得用多少线缕,
得熬多少灯昏的五更,
铁梭磨硬了人的手掌,
连眼睛,连双脚,连心,一齐随着它跳动。

冬天里,一条破单裤灌饱了风,
像挑起一个不亮的灯笼,
说来或者你不见信,
穿布的却不是织布的人!

乡下的庄稼汉是"蜜不齿蜂"①,
忙碌一年是一个干挣!
春天坡下有他们的影,
夏天坡下有他们的影,
秋天,把粮食送去给财主添囤,
严冬里,守着冷炕头,
喝着西北风,掐念着季候的早晚,
打算着明年的春耕!

我听到四十岁的穷光棍仰天叹气,
穷得上吊找不到一条绳子;
看见过害着热病的孩子哭着亲娘,
含一口冷水把双眼合上。

---

① 蜂之一种,专司酿蜜,蜜成,他蜂即逐之去,故吾乡有"属蜜不齿的——干挣"一歇后语。(作者注)

有意作个对比,老天也生了另外一群,
他们有眼却五谷不分,
一条圣虫守护着万年不断的囤①,
陈草垛熬白了野狐的须根。

华堂顶上的铁马金兽,
朝着天空呼唤风云,
好用风的清云的白,
剪一身悠闲送给贵人。

天生的土地谁划上的界线?
黑字写给他阡陌一片,
写给他一个个庄村,
还有里边所有的活人。

被抽尽了鲜血的奴隶
还得含着笑死,
我看见打着旋风的主人,
一跳三尺,喊着"揭锅,退地,封锁门!"

我看得真多呢,我看见生活的圈子
在每个穷人的颈上缩小,

---

① 吾乡传说:囤中有圣虫,则粮食永吃不尽。(作者注)

"人生不是一条坦荡的大路",
从此我的脸蒙上了严肃!

二

时间的针倒拨上十年,
黑暗的铁箍捆住了济南,
口上给你筑一道长堤,
把一把火点在人心里!
杀人的布告一天一千张,
一千个人顶着一个罪状,
听说古时候曾活埋过六十的人,
这时,年轻的却有点不稳当!

一个军官抱一支大令,
像巫觋顶起了个大的神灵,
一队大兵簇拥在身后,
冷的刀光直想个热的人头!

带杀气的号声叫过了,
一面大旗牵着一列兵,
一万个马蹄震聋了大地的耳朵,
全城里抖满了将军的威风!

无头捐税的毛细管,

抽净了老百姓的血,
养肥了大马,开拓了枪林,
涨大了将军的一个野心!

地狱里人民的苦惨他全不看见,
不惜十万金买一个心欢,
人民一齐唱起了"时日曷丧"的歌,
他全不听见,
他要一手握住宇宙的关键!

他要在青年胸中撒下密网,
不让你心里长住个思想,
他要检查书本上的每一个字,
想使中原的文化倒过头来长!

状元举子弹去了冠上的尘土,
旧的灵魂装饰成迎时的幌子,
掮出几千年的偶像来泥上新金,
要用死的木牌压倒活人!

黑暗的肥料更容易催革命抽芽,
这一次的算盘他却是反打,
任他的巧嘴给事实扭花,
我们的耳朵偏会听反话。

枪杆可以拘人的身子，
可管不住人心，管不住它，
像深更里的母亲盼一个远行人，
日日夜夜一齐盼着"南军"。

深夜里学校遭了包围，
叫嚣的声音像鬼在叫人，
死亡的翅膀将向着谁扑？
恐怖里浮起了愣鸡一群。

一支晃动的烛光照着乱忙的手，
挖开地板向里面填书本，
谁想多年累积的这一份产业，
这时竟成了要命的祸根！

不稳的信件一齐交给火，
火口一下子吞不了这么多，
红头拖一个焦尾乱窜，
人人一眼清泪，一鼻子辣烟。

过了一夜像过了一场拂晓的战争，
早晨的太阳又在天边发红，
身子挣出了死的拥抱，
心上还留着当时的战惊。

像千斤石底下曲生的树身，
一群友好结成一个心，
秋夜大明湖上有我们呕的血水，
（天地黑成一块墨，
湖上只有凄凉的份。）
我们也曾登上千佛山对天挥泪；
上天有眼只为了照顾威权，
宇宙得凭自己亲手去捩转！
此后黑夜教室里的冷桌子
会告诉你我们的秘密，
另一个灵魂
附上了我们的身子。

十月的天空排满了雁行，
向着温暖它们驾起了翅膀，
冷笼插不住心的候鸟，
排成人字，我们要扑向南方的太阳。

一纸八行书寄走了家庭，
慷慨的气势如烟云行空，
每个字激动得要冲破信套，
像写它时候我们的心跳！

没一点眷恋，像一位高僧
记不起当年那一头丝发，

没一点顾惜,把家庭丢却,
像一个壮士赴敌那样洒脱。

全不记起
祖父捋着胡须
板着铁脸
传授给的那舍利子一般的庭训,
也不想
老人在灯前
念这些字句
将用着怎样的一颗心!
至今还记得劈头快意的那一句:
"此信达时孙已成万里外人!"

一个青年不听时代的呼唤,
等到白发把壮志缢死?
临别朋友们壮行色的豪语,
至今还响在我的心里!

换一个姓名,换一身衣服,
像过关的子胥,
一夜愁白了精神的头发,
谢谢天,密网孔中走漏了群鱼!

我们站在船头上听黑夜的海啸,

我们用放大的心向背岸嘲笑,
我们胸中落下了无边的天空,
我们将看见明早的太阳在大海上发红。

三

大江从天上摆来了腰身,
逆着它的银鳞我们上溯,
一万声自由的波涛叫着我,
叫我到武汉三镇——光明的结穴处。

两岸的村落用青眼迎人,
十月的江南是小阳春,
像一只青鸟要挣向绿林,
我把不住胸中要飞的这颗心。

谁的手把宇宙割成了两片?
南方是白昼北方是黑天,
长江何幸,把波浪畅泄到海洋,
黄河,它的弟兄,却叫窒塞横住了胸膛!

武昌这座斑驳的古城,
背起蛇山,遥对着夏口和汉阳,
像三位不死的寿星,
面对着东流的江水

闲话人间的兴亡。

剥开二千年记忆的尘土,
磨出了周郎的风采,纶巾的孔明,
还有挥动着八十三万人马
横槊赋诗的那位名士英雄。

争夺江山的砍杀给它的创伤,
将永远掣着它的心痛,
千万架枯骨换来个新的朝代,
这古城,它记得历代帝皇不同的姓名。

"双十"给了它个新的生命,
北伐使它返老还童,
武昌有知也该古树开花,
放开老眼,把个新的估价
给这两次不同的战争。

破军帽、烂子弹壳,枕藉在城下,
含笑的骷髅守着这一堆,
这一篇战迹胜过十万句话,
凭你想:一群敢死队
叫一个信念疯狂了,
忘了死,争着爬上云梯,
用血肉去碰敌人的枪刀!

伟大的牺牲,
内向的民意,
倒了强权,
武昌城头迎风竖起了正义的大旗!

我,一个黑色的身子
投进了它亮堂的胸怀,
一股突然强烈的光明
刺得我双眼不敢睁开!

革命是面占风的鸡旗,
人心一齐随着它转;
又像是一支屹然的天柱,
无数的星群围着它绕圈。

光明的镜子反映出自己的丑恶,
卑劣的宿根交给意志的锋刃,
前日的我让他死掉,
叫正义的火炼一条新的金身。

从五千年的地狱里大众爬起来,
在光天之下直一直腰板,
谁是主人?谁是奴隶?
一时抹去了这一条界线。

脱下了铐镣,披上了自由,
天堂地狱一反手之间!
他们认识了自家也认识了宇宙的壁垒,
武装了身子也武装了心!
像愤怒的东海,驾起了惊涛,
向西方倒灌,看那个蛮劲!

我登上黄鹤楼百尺的石阶,
对着大江舒一口气,
它曲着身子,摆着尾,
喋喋波浪的小嘴
朝着我说个不休。

立在楼头,听不到五月的梅花
飘满了江天,只听见
悲壮的军号,悲壮的歌,
从人心里叫起勇敢!
西望汉阳,那里是
萋萋芳草的鹦鹉洲,
叫人凭它去想象一个祢正平,
天赐了八斗才;也赐了一身杀生的骨头!
只望见兵工厂粗大的烟囱,
像一支时代的喇叭吹向天空。

帝国主义的军舰像十月的落叶,
编成一条链子锁住了大江的喉咙,
一个力量动摇了宇宙的老根,
他们怕得发抖,
想用威风扑灭这把火,
镇压住中华民族伟大的灵魂!

大众把生命作了孤注,
为了自己也为了民族,
十万人头在我眼底闪动,
像大海上起了暴风,
简直是疯狂了,
忘了枪弹可以在身上穿洞,
他们呼啸着,舞爪着向租界地涌,
他们要给这个毒疮
出一次最后痛快的脓!

我兴奋得眼泪横流,
跳动的心应和着群众的感情,
看工人粗笨的黑手
斩去电网的篱笆有如斩除心头的恨,
肃森沙袋的脉龙
一齐掀入了大江,
看细沙像一粒粒罪恶的种子
流去了永远看不见的远方!

"不得了,不得了!"外国人抖着嗓子乱嚷,
嚷着挤上了船只,
带着挫了威风的脸子,
一阵风送他们去沪滨,
更送他们
远远地渡过重洋。
(像五更头一声雄鸡,惊坏了幽灵,
没命地奔逃踏着旋风。)

民力的标尺测透了强者的底,
不怕军舰的探海灯半夜里乱伸舌头,
租界的楼头插一杆三色的国旗,
这罪恶的黑窟,神秘的地域,
一朝踏乱了华人的脚迹,
还腾跃着一阵阵胜利的欢喜!

杂色的标语写着方块字,
骄傲地横竖在发亮的墙壁,
一身破烂的工人抱一支枪,
镇压着这个庞大的东西。

四

一条思想的线,

牵来了天下的青年男女,
像一堆杂色的铁片,
投进了两湖这革命的熔炉。

削落了长发——
削落了自私的根,
脱去长衫,穿上二尺半,
我们变成了另一个人。

一条身子配偶了长枪,
同时把心也许给了党,
如山的军令
要把灵魂磨成钢条,
眼皮上,嘴角上,
挂着炸弹一般的标语和口号。
(要知道,那时的标语不是张空纸,
炸弹的口号有爆发的实力。)

军号朦胧中叫我们起床,
不问日子的阴晴,
操场上
纷扰着喝呼的声,
一个命令指挥着我们
在一条革命的线上立正。

军号叫我们进饭厅,
叫我们到床上去闭上眼睛,
也带我们到十万人的会场,
作一个浪花在激动的大海中浮荡。

四壁高墙锁住了人,
用可怕的平凡和琐碎来磨炼我们,
一千个口令改正一个稍息,
三点钟的工夫叫你叠成一床棱角的被子。

六十个人和着枪住在一口屋中,
六十个不同的面孔却做着个同样的梦,
半夜里从被筒里拖出来
叫你去站岗,
不怕夜有多深,
我手里把住一支钢枪。

星星用冷眼瞅人,
月亮给我剪一个壮影,
托起枪来闲拔着正步,
要用步子的尺从黑暗量到天明。

春风吹皱了湖水,
吹绿了柳条,
从我们心上

却吹不起儿女的柔情。
夏天,正午的太阳如逼汗的火,
照我们到野外去练习战争,
歪着头,斜眼瞅着标尺,
一千个枪口瞄准着一个方向。

秋天心上落不下伤感,
朔风吹不透一身单薄,
痛苦在胸中打一个转,
叫信心一点全化成了快乐!

五

三十万大军提调去北征,
把这革命重镇
托给了我们,
托给了武装的民众。

半天里掉下个突然的事变,
背起全副武装,
实上了子弹,
在黄昏朦胧时分,
在民众欢呼声中,
用着急剧的步子,
跳动的心,

实践铁的信念,
我们一齐飞向了战争!

铁皮子火车星空做顶棚,
拄一支枪像森束的林木,
人体打成了横竖的肉壁,
在一尺的见方内大家一齐定了型。

火车的步伐好比牛车,
汽笛勤响它不勤动弹,
看天空的飞月逆着云走,
火车的慢步在人心上磨起了火头。

一夜磨消了路程五十,
车口里吐出来勇敢的战士,
冷风给人打一针兴奋,
身子仿佛在新年的夜里。

听隆隆的大炮绕着云山,
晓雾和战烟搅做一团,
响声成串的是机关枪,
钢枪多过雷雨的密点。

胸中灼火,挺起胸脯,
提着长枪,

我们一齐跑上了火线,
用生命去夺山后的太阳。

看扎翅的大旗向前飘飞,
后边逐着蚁群的大队,
慷慨的冲锋号跟一片杀声,
怒气胀得我的心痛!

看敌人随着枪声仆地,
像七月的高粱倒在大野里,
耳际的枪子像死神的耳语,
猛回头,鲜血模糊了朋友的面目!

像吃人的疯狗红了双眼,
一地死尸点不上一点心寒,
(更不必提那军毯、饭包……
像雨后落花的零乱。)
眼睛在标尺上吊线,
手托着发烧的枪筒,
只顾这一枪不是空发,
不管下一刻白肉开出红花。

草堆里呻吟的同志
向我求救,用了最可怜的哀声,
一边飞跑一边答应,

一口气转走了山岭万重。

向蹄窝里抢一杯污水,
像饮着琼浆,不管小虫在舌面上动转,
铁盒闷了一整天的饭,
不等辨味早已下咽。

铺着绿茵,
盖上蓝天,
在枪声的摇篮里
抱着枪作一霎假眠。

第一次战争我们占了先,
大家又在一个新地方会见,
"唔,他没有死!"笑握住手,
惊奇这次重得到晤面!

古寺的门口招展着大旗,
大殿里倒满了舒适的身子,
听民众的欢呼,听怡神的歌声
在女兵的喉咙中快活地跳动。
咀嚼着慰劳的礼品
有如咀嚼着同胞的心,
一种彻心的感谢,
壮起了下次再战的精神!

在一个夜间,朗月打起了天灯,
照我们作八十里路的夜行,
四围的山上倒泄下古松,
土堤把水田割成了一万方明镜。
静的脚步
不敢惊断成阵的蛙声,
大肚子蚊虫
也咬不醒累倒了的神经。
搜索着,搜索着前进,
只要步子一停,
手中的枪也镇不住
上下眼皮的斗争。

打一身重露,
脚掌上起了大泡,
赶到汀泗桥,
预备在这里把这条命拼掉,
谁想扑了一个大空,
什么时候敌人跑没了踪影。

立在桥头看这自古的天险,
凭吊二十年来
杀身桥下的
三十万无名英雄。

过咸宁,
过蒲圻,
过赤壁,
过嘉鱼,
一脚踏遍了千古的战场,
沿途的民众爱戴我们,
大道两旁断不了壶浆。

一师人马平野中展开,
像一道长虹划破了天空,
"民众武力"的大旗当先,
老幼男女一齐呼着看女兵。

连锁的舢舻刚要靠新堤,
民众的歌声在岸上响起,
提高嗓子大家来和答,
在革命的歌声中我们下了地。

像一群孤儿遇上了亲娘,
我们身边打满了人的围墙,
大人告诉着敌人的万恶,
孩子牵我们去捉迷藏。

我们到处去捉土劣,

宣告罪状得凭女兵的嘴唇，
民众的势力像高涨的潮流，
我们的心紧连着他们的心。

大江岸上我深夜去守卫，
说是对岸就伏着敌人，
脸前的黑凝成了一块，
一伸手就可以叩出声来。

眼扎在对岸，手扳着枪机，
闪亮的萤光有意来逗你，
一鼻孔麦香烧起了饥火，
大江无形有声地吼着！

六

四十日的战争，我们从火线上归来，
是几时的暴雨
把这朵革命的鲜花
打落了色彩？
我们身上卸下了武装，
标语的字句也全变了样，
北伐已取得了中州，
枪杆拨斜了革命的方向。

六月的"××泉"上
作了五千人的护生地,
(天知道这是为了什么!)
太阳的钢刀活活
放倒了八十条身子!

长裙飘走了我们的女兵,
怪剧变换了我们的枪枝,
什么我都明白了,明白
一切都得从头再开始!

大江上飘起一列桅船,
我们一齐跳到了上面,
竹竿点开了地雷的岸崖,
生命这才直起了腰来。

不怕毒烈的太阳,
雨衣做了篷帆,
船面上扎不住寂寞,
这船串起了那船的歌。

老天半途里洒下了泪雨,
(是在吊人生
潋入了阴影?)
风力诱得江潮狂颠,

革命的歌声追着风雨响起,
狂风暴雨追着革命的壮士!

浔阳的暗影迎着眼明,
心锚早已放开了长绳,
解放下背上的书、肩上的枪,
(这一对的配合
才诞生了革命)
科仑布发现了新大陆一样。

船口刚要吻着岸口,
当中隔一条水的舌头,
提高了脚步一齐要腾飞,
一声"缴械!"半空里长满了半截的木腿!

希望的火苗上泼一盆冷水,
一刻的死灭,醒过来更猛的火头,
毒骂辣破嘴唇,
枪杆捣得船身乱抖,
江面上一时纷落下纸叶,
怒浪把革命的种子漂去五洲。

岸上的枪林向我们长,
心垂下了头,一想到自己手中的破枪,
照我们登岸的是

一万注羞人的眼光,
是西南天空的一钩残月。

一座庄严的大教堂守着个静,
十字架托着黄昏的朦胧,
大庭院是"主"的世界,
低压的树枝像圣手,
垂拂着没膝的香草,
垂拂着我们钢硬的头。

我幻想着:一刻钟以后,
一面机关枪向着一排人张开毒口,
一阵声响,拉倒了肉体,
叛逆的灵魂永久直立!

穿过九曲的小道给人送下枪,
先去后来的摩肩在黝黑的小巷,
脚步拖沓着悲哀的地皮,看不清面目,
只听见一声声如怨如诉的啜泣。

我幻想的花没有结实,
缴枪又发枪,
枪支仅拒了少数的分子,
变卖了雨衣,
拢来了朋友们的金钱,

顺了他们指示的方向,
在一个民家换上了乔装。

为了革命我们连起翅来飞,
为了革命我两人北归,
大家的肩头上有同样的重量,
一片豪语面对着大江!

微雨濛濛中偷眼送他们向南,
微雨濛濛中我们踏上了江船,
船面上尽是些衣不称身的人,
强作不识,暗笑着额上的一线白纹。

伤心两岸的景色回忆着来时,
恨不是托身孤舟漂在大海里,
一个关卡是一道鬼门关,
心中暗把生命分做若干段。

一次拢岸
像陪一场斩,
脚踏上了沪渎,
像踏入了绝途!

一眼陌生,腰间又断了钱根,
一列楼台里哪能留人?

六月天,深色的长衫
招来了可怕的眼,
一切都可怕,
这里活跃着正义的反面!

七

家里的灯火昨夜可曾开花?
今午,七月的太阳照我到家,
一声问安定住了祖父,
停一刻,眼睛才开始
从崚嶒的骨锋上
去想当年那一副面庞。

深宵里,家人的语丝
像滴打的秋雨,
续了又断,
断了又续。
是在梦中? 小灯照我看祖父新的白发,
看老人眼皮包不住的眼珠,
一点什么发着亮光,
从合不紧的眼缝中渗出。

放下武器,像揭去了生命的符子,
病魔爱上了我的纤弱,

耳中给箍上两曲蝉鸣,
一只手掣着我的心跳。
怕声响的铁锤敲断我游丝的神经,
太阳底下我看见鬼魂,
天呵,给我力量,
我自己关不住哭笑的门!

北方这时正当临明前的那一阵黑,
黑得可怕,
然而黑暗已裂开了大缝,
只须横扫的一注暴风。

为播革命的种子,
换身衣服我深入民间,
油灯下,看给我的话头
点亮的那一列黑脸!

"民间的人我们是弟兄,
在旗子下列起队伍!"
拳头一齐飞向半空,
齐喊一声"在旗子下列起队伍"!

永久忘不了这个日子,端阳的前夜,
新婚的爱侣还没脱去红装,
二十支枪扎住了宅子的四角,

天遣老媪把消息透到东房,
慌张的样子早点透了我预感的心,
不须她开口,四尺墙头早跳走了人。

荒远的山村另有个世界,
远近的峰头像八月的巧云,
野花无名,绿林里
有叫不断的鸟声。
河水是一道明媚的眼,
岸上的浣女是一道更媚的眉毛,
这世外的桃源留不住我,
我将去碰开陌生的远道。

换一身衣服,换一个姓名,
东海送我到天涯去飘零,
沈阳有情留我暂住,
身子插进了乡亲的队伍,
他们卖菜不让我去,
留我守着一屋空虚,
出门头上给盖一顶竹笠,
还嘱咐着说:"什么事在这里也不关乎"①!

隔一道竹篱向邻女借半条铅笔,

---

① 不要紧之意。

在膝盖的桌子上草好家书,
说一片隐语,落一个假名,
抑住心跳投进了邮筒。

天际的西风吹来了家庭的专使,
衣缝里拆出来祖父的手迹:
"十年以内勿作家书,
在外珍重自己的身子,
天涯埋头务求严密,
勿学小儿思家的哭泣!……"

一封信冲我又是千百里,
火车一程,水路一程,
一程一程孤身向天涯,
依兰截断了我的远征。

看松花江串起撼人灵魂的大野,
看芦花向青天扔开了白发,
到此谁不展开心眼,
叹造化的神工,叹一声这个民族的伟大!

用镀假的话头
瞒过了一位长辈的族人,
这才算寻着了饭店,
但又愁着无处安身。

冷风凄雨送我十里,
送我到江干
一家切面铺里
去伴一位卖卜的先生睡眠。
他高兴给我送上一卦,
心虚使我报个假的生辰,
捻着长须聚起眉峰:
"你这贵人,怎么八字
却犯了杀星?!"

后窗子背起一家野店,
杂色的人群散布着微菌,
半夜里的淫语狎声,
把我从梦里拉醒。

脱下清晨,披起黄昏,
一个影子随我的身,
对外人说是自己这里有家,
到了家自己却变成了外人!

每次我低头走过小巷,
板门中伸出些妖精头来,
她们向我笑;我想向她们哭,
可是喉咙却又放不开。

白天没事替邻女写艳昵的情书,
下笔想起了自己的爱侣,
我曾放出相思的鸟,
但茫茫的云霄迷了它的去路。

受命每天习蝇头小楷,
说一笔好字可以换个饭碗来;
放下笔管我一人踱到江边,
叫青山白水把心从愁里引开。

八月的朔风飘来雪花,
八月的身子摸不到棉花!
法院的公案钉住了我,
叫我听节奏的铐镣声,
叫我笔下的黑墨
爬出些囚犯的罪名。
(要是你愿意,我这时还可以背起
一个个成串的白俄人的名字。)

白天,听一位法官
鲜叶活枝地
说武昌裸体游行的故事,
这个嘴角里填进去九鲜水饺,
那个嘴角外挤出的巧话成套:

"了不得,过四十的杀!
在官巷里的杀!
有三十块钱的人
脑袋就得和脖子分家!"
夜里紧锁住梦里的口,
我欣喜,革命的风已吹到了塞外的秋。

八

二次到家没赶上祖父最后的一口气,
听家人哭着说我给他造成的死,
望着死面我用心哀求,
哀求过来的祖父饶恕革命的孙子。

朋友们的家属闻风赶来,
向我立追他们的消息,
疯了的母亲拿我当仇敌,
抓住我交出她的儿子!
忍住心痛,我用口
吹给朋友们个生命的根芽,
然而我明白,炮火已把他们的白骨
销毁在不同的天涯!
(他们是无恨了,骨灰
会培育出希望的鲜花。)

看痴心的慈亲烧起长命香,
问菩萨,问灯官娘娘,
挑起儿子穿旧了的衣服,
凭着乳名到处遥呼。

红装的少妇恨死无情的丈夫,
日子画乱了心的墙壁,
春来倚一树桃花,
凝眸向着天涯的路。

像一匹战马经过了一千场战争,
身上的汗珠一片放明,
像一个星球摔开了轨道,
革命的队伍里我失了踪。

七年的蛰伏磨去我的锋棱,
心上常响着二月的雷鸣,
一千句谎盖不住一个事实,
黑暗磨亮了我的眼睛。

当年的口号倒成了促死的咒,
期票过时把它作废纸,
眼看一些人的骨架,
做了另一些人登云的天梯。

世纪末的征候

一天一天地明显,

多少人喊着酒,喊着女人,

掣住自私的绳索

拼命地打着秋千,

只要一闭眼那阵迷醉,

不管太阳照不照明天。

有的不敢面对现实,

钻进故纸做一条吃书的虫子,

也有的卖弄风情若无其事,

在世纪的尾巴上缀一个角色。

我看见穷苦的庄稼汉

在地狱里滚着油锅,

一只无形的大手

扼死了他们的生命线。

弱者的脂膏

润红了强者的双腮,

五千年来的农村

表演了第一次的大破产!

人祸不够,

双管齐下又来了天灾,

长江大河泛滥了洪水,

要把宇宙重新洗白，
贪婪的大口吞没了庄村，
吞没了肥田，千万人结成大队
散向天涯去碰生死的门！

旱魃却也不让蛟龙独擅威风，
它也主有了半个天空，
笑看平地裂开龟纹，
看农人一把心头的火
放上了一坡没望的田禾！

经济恐慌的急流
漩倒了都市的荣华，
大减价的幌子像降旗
插在每一个商家，
支不住门面，报不下歇业，
放起一炷内穿的火把！
工厂也闭上口
停止了气喘，
奴隶们的血汗
再也变不成金钱！

我看见一些人为了一个信念，
等时间磨断手上的铁链，
忍着刺心的侮垢，

从一片玻璃里望着明天!

我看见一支人马
像一支火鞭,
带着光,带着响——
时代的风正助长着它的烈焰!

我用双指去按世界的脉络,
听白热焙出的呓语,
宇宙整个儿烧得烫手,
我知道,它在害着"一九三六"的症候。

看列国,谁也不肯示弱,
争着放飞机去剪块天空,
在炮口的大小上变着脸较量,
谁也不肯居在下风!

把军舰的鱼群放下大洋,
飘着国旗它瞪一身骄傲的眼睛,
霸占住深邃的良港,
没事也来回地抖抖威风!

拿破仑复活了,
迎风一抖,化成无数的灵魂,
在两样时代里

它附上了一群招邪的人身。
于是,他们便发起癫疯,
坐在云彩眼里表演英雄,
口中喷出硫磺的气味,
大声向着全世界示威!

他们一只手捺住脚下的民众,
一只手摇着小旗,
摆开个人的队伍
开向海外的殖民地。

为了壮起个人的神色,
不惜把世界化成炮灰,
为了骨头上的一点残红,
藏起了理性,忘了几千年攒来的这份文明,
毫不顾惜,要把全人类的命运
做一条断线的风筝!

几时听见大气曾吹倒过人?
炮口也没法吓唬住正义,
飞机、大炮、坦克车、兵舰——
意大利的军库全副展览,
然而阿比西尼亚起来了,一点也不含糊,
在这些武器的面前
一点也不打战!

阿王誓师的时候，
用了怎样的一只手去击鼙鼓？
它发出了愤怒的雷霆，
它发出了自由的金声，
阿王手下的这一声鼙鼓，
敲醒了全世界上的弱小民族！

阿王和着他的官员，
同席吃起决心的战饭：
用钢刀剁下整块的肉，
用白刃挑进了血盆的大口！
这时候，君臣心窝里烧一把火，
民族的自由，自尊的心，
合纠成一条钢条
撑起了阿国不屈的国魂！
他忘了把自己的土地捏成弹丸，
也塞不住敌人的炮眼，
他忘了用理智的尺度
量一下文化的高低和势力的长短！
几个月来，阿国的民气和血肉，
坠平了战神手中的天平，
意人的大话减了分量，
这一炷火亮起了正义的金光！

埃及这块踏脚的石头,
也忽然翻起了身子,
民众用血,用大手,
掣去颈上的铁链大呼要自由!

掉回头来看看自己:
把半个天下
几千万人民
做一片甜饼,
惹出了敌人更大的馋心!
隔着长城伸过来大手,
可怜中原这一块肥肉!
天空撤去了防卫的篱笆,
任人的飞机排成蜻蜓,
港口大陆挡不住人立脚,
小的是自己的志气,大的是人家的威风!

洗磨净商鼎周彝,
看一看上面写着的字迹,
看一看中华民族的文化,
五千年前已开了灿烂的鲜花。

河马出图,凤凰栖在百尺的梧桐,
这智慧的源流多耐人寻思,
第一次造字惹出了神鬼的哭泣,

智慧的金钩挑破了宇宙的神秘。

翻开史书打上眼往前再看,
看有巢氏,燧人氏……
看见了神农
人类才看见了粮食。
看大禹磨薄了脚掌,
凿开龙门,抚顺了洪水,
才有一片干土
让我们的祖先盖上房屋。
看文王几次的流转迁移,
才把黄河流域撒上了文化的种子。
再看荆蛮百越的地带,
蒙古满洲的边疆,
几多的汗,几多的血,
才开熟了这片片远荒,
四万万人民,
九百六十万平方公里的地面,
这宝贵的家珍
做了多少帝王的私产,
"双十"的红血这才把个民主的名义
写给了天下的人。

但是今天,民众白红着眼,赤手空拳,
看"三一八"、"五卅"、"九一八"、"一二八"

惊心的事变，
看领土扎上了翅膀，
看民族的面颊给人批得火红，
容忍，容忍，一千个容忍，
刀尖也测不透暮气的浅深！

头顶上火冒三尺！
不甘心伏首做人家的奴隶，
长白山下的义士
把森林做了家，抱一支枪
在孤绝中厮杀，
我只见他们在生死的路上出没，
可有谁给他们一点援助？

三百万军队吃着老百姓，
何不御敌开向边疆？
天知道到底为了什么，
反把枪口转了方向！

冰筒封紧的思想，
遏不住的民族意识，
一齐舒发起来了，
像久结的层冰见到了毒烈的太阳！

听谁在百尺谯楼

撞起了警钟?
看民族的火把
彻天地通红!
抱起迎风的大纛
高喊着自由,
先觉的青年
做了急进的先锋。
大刀也砍不断这口壮气,
死都不怕,
还怕冷水浇顶,
冷水给开一身冰花!

手掔住手,心靠近心,
悲壮的感情
传染了人群,
是时候了,
大家已经站起身来,
不做任谁的奴隶,
要做一个人!

时代的手掔动了
我颈上小的圈子,
几年来
平淡的茶饭
涨大了肚皮

却饿瘦了灵魂!

今夜,古城的枕头上
我再也合不上眼,
听四面八方的吼声,
呼喊我再起来!
1935 年 11 月 16 日写起

12 月 10 日写成

1936 年 1 月 19 日修补

依旧是春天

——感时

什么也没有过的一样。
一万条太阳的金辐
撑起了一把天蓝伞,
懒又静地
笼上了人间的春天。

什么也没有过的一样。
看春水那份柔情,
柳条撒开了长鞭,
东风留下了燕子的歌,
碧草依旧直绿到塞边。

1936 年 4 月 20 日于临清

吊 诗 人

谁作一个雕馈,
把你那枝彩笔
去送给一个娇娃,
她的日子天样的长,
她是闷在海样的深闺。
那她会用描鸾手,
会用她美丽的心,
在绢素上描出花朵,
比你的诗句也许还更动人。

请把你的喉咙
借给"百灵",
它百啭的巧舌
最会歌唱爱情;
不就借给鸥鹦也好,
它比你更会

在墓林的阴暗里
放出森人的哀号。

站在云端里
用冷眼看人间，
你的心真像个
不吃烟火的神仙；
神仙的心到底离泥土太远，
让我们来歌颂
另外的一群；
他们的诗句里有霹雳的音节，
叫人听到暴风雨的来临。

1936 年 10 月 24 日

从 军 行

——送珙弟入游击队

今夜,灯光格外亲人,
我们对着它说话,
对着它发呆,
它把我们的影子列成了一排。

为什么你低垂了头,
是在抽回忆的丝?
在咀嚼妈妈的话,
当离家的前夕?

忽然你眉头上叠起了皱纹,
一条皱纹划一道长恨!
我知道,你在恨敌人的手
撕碎了故乡田园的图画,
你在恨敌人的手

拆散了我们温暖的家。

大时代的弓弦
正等待年轻的臂力,
今夜,有灯火作证,
为祖国你许下了这条身子。

明天,灰色的戎装,
会装扮得你更英爽,
你的铁肩头
将压上一支钢枪。
今后,
不用愁用武无地,
敌人到处,
便是你的战场。

1937 年 12 月 11 日

别 长 安

长安城，
多少年
你呼唤我，
用一缕缥缈的呼声。

长安城，
你坐镇西北的伟大神灵！
在想象里你古老，
哪知道你和我一样年轻。

天上的黄河
引来右手
做你护身的天堑，
压一座潼关
在风陵渡头，
只须一夫去把守。

陇海路——
你铁的动脉,
从东海注来,
向西北流走。
(像是中原伸出的胳膊,
去和绿西亚亲密地握手。)

挺立在身后
西岳华山,
像一个精灵
听候着你的呼唤。

陕北,
你身旁最神秘的部分,
太阳挂在它的头上,
黑暗在那里扎不住根。

长安城,
相对八天
便向你伸出告别的手,
太匆匆!
没有诗意
去寻太白的醉卧处;
没有幽情

去访贞妇的寒窑,
和挂满了别绪的古坝桥。

黄帝的墓陵
该有参天的松柏,
我没有去参拜,
留一个神圣的影子在心中。

长安城,
你问我匆匆何处去?
我要去从军,到铜山,
因为那里最接近敌人。

> 1938年1月2日

换上了戎装

脱掉长衫,
换上了戎装,
我的生命
另变了一个模样。

穿起同样的戎装,
手握一支枪,
在"一九二七"的大潮流中,
做过猛烈的激荡。

从什么时候起,
我被握在平凡的掌心,
生活的钝刀
锯断了我十个年头的青春。

鱼龙困在涸辙中,

你可以想，
它是怎样渴望
壮阔的涛浪
把它带到
浩瀚的大洋！

我不能再不动，
四面一片时代的呼声！
敌人的炮火
粉碎了我们的河山，
也粉碎了我们身上的铐镣，
叫起了我们那四万万五千万。

我没有拜伦的彩笔，
我没有裴多斐的喉咙，
为了民族解放的战争，
我却有着同样的热情。

我甘愿掷上这条身子，
掷上一切，
去赢最后胜利的
那一份光荣。

1938 年 1 月 16 日

武汉,我重见到你

十年流光,
我揭过去
一张空白纸,
满地烽烟,
今天,
我重来见你。
不须登上黄鹤楼
去作人事的沧桑感,
不须对着江上的浮云
叹白狗的变幻。
我重来,
不是为了好风光:
暮春三月的江南天,
"杂花生树,
莺飞草长。"
在故都,

我亲眼看过卢沟桥的烽火,
一千个险关
我亲身渡过,
到铜山,到西安,
流亡中
我看过了多少悲剧的扮演。
终于我穿上了戎装,
参加了抗战,
把微力做一个浪花
去推波助澜。
武汉,
你中华新生的萌芽点,
辛亥革命,
北伐成功,
你的名字
永远是光荣。
这次从前方来,
我怀着一个梦,
你比"一九二七"
一定更健雄,
更伟大,
更兴奋,
更年轻。
然而,再好的梦
也搁不起事实的一击,

我伤心又愤怒,

对着眼前这一堆影子。

密挤的高楼

填满了当年的空地,

柏油漆亮了石子路,

流线型汽车在上面疾驰。

从人们的脸上

我找不出紧张,

熙熙攘攘,

一片太平的景象。

舞场的灯红,

(前线上有战士的血腥!)

夜半的歌声,

(前线上嘶喊着冲锋!)

酒楼茶社里

热烈欢腾,

(多少地方沸腾着救亡的热情!)

逐着声,

逐着色,

逐着享乐的梦,

糜烂在残蚀着有用的生命!

又有多少人

把你的胸膛

暂作了避难的屏障,

烽火闪到跟前,

他们便撇开你
另去寻世外的桃源。
武汉,
抖一抖身子站起来,
抖去一身的腐臭和颓靡,
"一九二七"的壮烈,
你还该清楚地记得。
高举你的大手,
招起广大的人民大众,
放开你的喉咙,
唤起救亡的热情,
大时代的洪流
已荡近了你,
起来,
给祖国再造一个新生!

      1938年4月1日

兵车向前方开

耕破黑夜,
又驰去白日,
赴敌几千里外,
挟一天风沙,
兵车向前方开。

兵车向前方开。
炮口在笑,
壮士在高歌,
风萧萧,
鬏影在风里飘。

1938 年 4 月 23 日于赴汉口车中

无名的小星

我不幻想
头顶上落下一顶月桂冠，
我只希望自己的诗句
像一阵风，吹上大众的心尖。

你知道，
我是一个野孩子来自乡间，
染着季候色彩的大野
就是我生命的摇篮。

为了生活的压榨
我陪同农民叹气，
命运翻身的日子，
我也分得一份喜欢。

他们手下的锄头

使用得那么熟练,
顺手一拖,闪出禾苗,
把一丛绿草放倒在一边。

工人的神斧
也叫我惊奇,
一起一落
迎合着心的标尺。

时代巍峨在我的眼前,
面对着它,我握紧了笔,
我真是一个笨伯,
怕人喊作"灵魂的技师"。

我愿意是一颗无名的小星,
默默地点亮在天空,
把一天浓重的夜色,
一步步引向黎明。
(一盏生命的天灯)

1940 年

第一朵悲惨的花

——吊屈原

诗人,
这两个字
就清楚地说破了一个命运:
一副硬骨头,
一肚子愤懑,
一个高尚的头脑,
一眼睛的看不惯。
身子扎根在现实的污泥里,
却怕自己的洁白
被这污泥沾染,
把一双灵魂的眼睛
投出去,
投得比现实
更高,更远。
向丑恶

要美，
向虚伪
要真，
按着眼前的龌龊
要它的反面！
以小孩子的天真
哭着去要它们，
以饥寒者的迫切
呼号着去要它们，
以火样的热情
去要它们，
以死
去要它们！

这样，诗人，
就同悲惨的命运永远地握手了。
带一个"不雅的尊号"，
穷愁，孤苦，
潦倒在人生的窄道，
肚皮同灵魂
一般饥荒，
他嫉恨流俗，
就同流俗嫉恨他一样。
如是，
他流枯了泪泉，

如是,他用自己的明枪
或世人的暗箭,
把没有成熟的生命,
把冤抑,
把悲酸,
把理想,
把命运,
统统装进了三寸黑棺,
凭诅咒和赞颂
在人们的口角上流传,
泥土,
早把他的双耳封严。
屈原——
第一朵悲惨的花
开在诗国的田园。

权威者的耳朵
从来就软,
谗谄的风
没定向地吹;
忠言打进去
比钉子打进石头里去
更难!
权威者的眼睛
专找逢迎的脸,

今天,他高了兴
你便得宠;
明天打下去,
那算你犯了灾星。
你觉得天大的了不起,
他随便一句话就把你决定,
他听得太多,
他看得太多,
哪有那份闲情
去分辨是非和奸忠。
当宠爱的光
照临着你,
你的手
可以发号施令,
叫抱负
开出现实的花,
叫事业
说出忠贞的话;
当谗言
攻破了易变的君心,
当怀疑
顶替了信任,
你便被挤下政治舞台,
(别人在扮演一场糊涂戏,
你在一旁做个清醒的观众。)

挤到江边去——
去枯槁,
去憔悴,
去呻吟;
吟出你的哀怨,愁苦,悲愤,
和耿耿的赤心!
你一条心
想佩起芬芳的香草
(香草,象征你的人品)
到瑶池去会美人,
(你理想的化身)
叫风云雷霆
呵护着车轮;
一条心
系在朝廷,
挂着你又爱又恨的怀王,
和千千万万楚国的子民。
你清楚,
在人心的天平上
重轻倒颠,
你知道,
在社会的眼中
黑白淆乱,
你看见,
凤凰折了翅膀,

鸡鹜飞上了天。
你清楚，
你知道，
你看见，
你却不能用一只手
把它翻转！
把不住自己的命运，
你带着疑问去请教詹尹：
"尺有所短，
寸有所长"，
龟蓍回答你
一个绝望！
宇宙这么宽阔，
却容不下你一条身子，
人生这么深远，
思想却没处安放，
只得紧抱着贞洁，
去追踪彭咸，
带一颗眷恋的心
跳下汨罗江！
生命就是这样：
不能去碰死僵冷的社会，
就得碰死在它的身上。
汨罗江水
为诗人流了

两千年的清泪,
到今天,上官令尹
依然在人间充沛!

    1942 年 4 月

《泥土的歌》序句

我用一支淡墨笔
速写乡村,
一笔自然的风景,
一笔农民生活的缩影:
有愁苦,有悲愤,
有希望,也有新生,
我给了它一个活栩栩的生命
连带着我湛深的感情。

1942 年

春 鸟

当我带着梦里的心跳，
睁大发狂的眼睛；
把黎明叫到了我的窗纸上——
你真理一样的歌声。
我吐一口长气，
拊一下心胸，
从床上的噩梦
走进了地上的噩梦。
歌声，
像煞黑天上的星星，
越听越灿烂，
像若干只女神的手，
一齐按着生命的键。
美妙的音流
从绿树的云间，
从蓝天的海上，

汇成了活泼自由的一潭。
是应该放开嗓子
歌唱自己的季节。
歌声的警钟，
把宇宙
从冬眠的床上叫醒，
寒冷被踏死了，
到处是东风的脚踪。
你的口
歌向青山，
青山添了媚眼；
你的口
歌向流水，
流水野孩子一般；
你的口
歌向草木，
草木开出了青春的花朵；
你的口
歌向大地，
大地的身子应声酥软；
蛰虫听到了你的歌声，
揭开土被
到太阳底下去爬行；
人类听到了你的歌声，
活力冲涌得仿佛新生……

而我,有着同样早醒的一颗诗心,
也是同样的不惯寒冷,
我也有一串生命的歌,
我想唱,像你一样,
但是,我的喉头上锁着链子,
我的嗓子在痛苦地发痒。

1942年5月20日晨
万鸟声中写于河南叶县寺庄

走

痛苦,
把你从白天,
扔给黑夜;
噩梦,
又把你从黑夜,
扔还给白天。
海水
可以用斗去量,
却没有一支秤
能打得起生活的分量。
泪,
是什么东西!
除了标出自己的软弱,
还有什么意义?
苦,
也不能用口来诉说,

说出口来的苦,
味儿已经变过。
走,
希望的杆子
牵着你的手,
路,漫长又不平,
小心每一个脚步,
四周都是陷阱!
朝山的信心,
自不埋怨路远,
听说过殉道者
为磨难而嗟叹?
走,挺起胸来走,
记住,千万不要回头!
怀着解放众生的心誓,
你走,
这古老的世界已接近了尽头。

　　　　　　　　1942 年

地狱和天堂

真有个乐园
在天堂？
让别人
驾着梦飞上去吧，
请为我
反手加锁在门上。
我，
在泥土里生长，
愿意
在泥土里埋葬。
如果，有座地狱
在脚下开着口，
我情愿跳下去，
不管它有多深，
因为，我是大地的孩子，
泥土的人。

1942 年

手 的 巨 人

农民——
手的巨人。
我有一支歌
歌唱你的命运。
你的嘴
笨拙得可怜,
说句话
比铸造还难。
你的脸上:
有泥土,
有风云,
直泅到生命的海底,
你的心!
谁说生路窄?
你有硬的手掌,
命运是铁,
身子是钢。

你的眼睛,
那一双小明镜,
叫每个"高贵"的人
去认识他的原形。

　　　　　　　　1942 年

海

乡村
是我的海,
我不否认人家说
我对它的偏爱。
我爱那:
红的心,
黑的脸,
连他们身上的疮疤
我也喜欢。
都市的高楼
使我失眠,
在麦秸香里,
在豆秸香里,
在马粪香里,
一席光地
我睡得又稳又甜。
奇怪吗?

我要问:
"世界上的孩子
哪个不爱他的母亲?"

1942 年

反抗的手

上帝
给了享受的人
一张口；
给了奴婢
一个软的膝头；
给了拿破仑
一柄剑，
同时，
也给了奴隶们
一双反抗的手。

1942 年

窗　子

打开灵魂的窗子，
让它照上
廿世纪五十年代的阳光。
在这 X 光底下，
你的病状——
贫弱、自私、古旧，
便无法再隐藏，
用自觉的手
去开刀，
痛苦是当然，
在新的肉芽未茁出之前。

　　　　　　　　1942 年

穷

屋子里
找不到隔宿的粮，
锅，
空着胃，
乱窜的老鼠
饿得发慌；
主人不在家，
门上搭把锁，
门外的西风
赛虎狼。

1942 年

三 代

孩子
在土里洗澡；
爸爸
在土里流汗；
爷爷
在土里葬埋。

1942 年

送 军 麦

军麦,孩子一样,
一包一包
挤压着身子,
和衣睡在露天的牛车上。
牛,咀嚼着草香,
颈下的铃铛
摇得黄昏响。
燎火一闪一闪,
闪出梦的诗的迷茫,
这是农人们
以青天做帐幕,
在长途的野站里
晚炊的火光。

1942年

死　水

一湾绿水
发了霉,
太阳,
在水皮上蒸发起
小的脓疮,
男人
在水边饮牛,
妇女
排在湾埭上
洗衣裳,
白鹅
在水上划船,
孩子们,
沉下去
又浮上来,
这一湾死水,

有了笑，
也有了光。

1942 年

他 回 来 了

哥哥请假回来看家,
家里的亲人
放下了那条悬挂的心,
自从出了门
没有消息回来,
今天,他的身子
是几年来寄到的
第一封"家信"。
他的口——
一条小河,
淙淙地流,
母亲坐在纺花车旁,
像坐在梦中,
弟弟刚从坡下抽回身,
锄杆躺在怀里,
大家静听着他,

像静听着别人
替自己读一封"家信"。
小孩子
在大人空隙里穿梭,
欢喜而又畏怯地
用一只好奇的小手
向爸爸腰间的短枪偷摸。
他的女人,
脸上烧着火,
在别人不留意的时候,
在他周身溜眼波。

       1942 年

沉　默

青山不说话，
我也沉默，
时间停了脚，
我们只是相对。
我把眼波
投给流水，
流水把眼波
投给我，
红了眼睛的夕阳，
你不要把这神秘说破。

1942 年

坟

一生的辛苦
把身子按倒，
他开垦过的草阡上
添了一堆黄土。
坟，
像他的为人，
寒微，谦卑，
摇着几棵白草，
卷在西风的怀里。
活着的时节，
工作在田地里，
死后，他在替儿孙
看守着这田地。
黄昏拢过来，
他要破土而出，

拉住个人，
谈谈心。

1942 年

希　望

——生活小辑之一

希望是什么？
希望是开在人心头上的一朵花，
只许站在远处看，
不让你用手去触它。

希望是什么？
希望是一张支票，
那数目叫人惊喜，
到期你去兑现，
现实已经倒闭。

希望是什么？
希望是瞎子的竹马，
它领你摸索在人生的道上，
陷阱张口在两旁。

希望是什么?
希望是一盏生活的灯,
亮在黑漆的夜里,
它给人眼前照出一条路,
同时也叫人望着它战栗!

      1942 年

泪
——生活小辑之八

眼泪,
是沉痛的语言,
眼泪,
是向生活摇出的一支小白旗。
眼泪也是快乐的,
好像苏生的春霖;
人间有多少只眼睛,
干成了枯井。

1943 年

梦

——生活小辑之九

好梦,
用快乐的翅膀,
带着你飞,
像小孩吹起的肥皂泡,
绘着阳光灿烂的颜色。
它飞,
向着理想的高空,
悲剧开始了——
你去怨那一阵风。

1943 年

死

——生活小辑之十三

秋风
是死神嘘出的噫气。
生命的树叶
一片片落地。
对多余的废料，
死是过滤；
对痛苦的人，
死是逃避；
对真实的工作者，
死就是休息。

1943 年

《感情的野马》序诗

开在你腮边的笑的花朵,
它要把人间的哀愁笑落,
你的眸子似海深,
从里边,我捞到了失去的青春。
爱情从古结伴着恨,
时光会暗中偷换了人心;
我放出一匹感情的野马,
去追你的笑,你的天真。

1943 年 5 月 17 日完成

霹雳颂

人生,枯朽得像古坟里
千年的棺材板,
空气把窒息病菌
带给每一叶肺尖,
土地裂开口,狗子伸着舌头,
树叶褪去了生命的绿色,
人,苦焦的心这就要自燃!
沉默着——
一个伟大的沉默,像火山;
希望着,痛苦的希望,
全个儿宇宙的心
向着高处攀,
这沉默,这希望,
是这样神圣更庄严!

天,他包涵一切的心胸

被触动。
黑云像被囚禁的虬龙
窜出了深邃的穴洞,
脊背上驮起东海,
尾巴上卷着风暴。
摇头摆尾地啸叫着
飞上天空,
从东海崂,从五岳,从喜马拉雅的高峰。
如是,天,把一点颜色
给人看,蜻蜓成群翱翔到高空,
去采访天上的消息,想把一点象征,
一个预言,指点给人间。
人,连上动物,植物,
就是石头也跟着变,变得像一个信心跪倒在上帝脸前,
等待着,不敢说一句话,
把呼吸也压缩得很谨严。

来了——
风来打前站。
它替惊人的奇迹发出个信号,
它把一个消息到处预言,
它的铁手试验着每一个生命,
看看它们到底经不经得起疯狂的摇撼。
来了——
来的是闪电,

它把人的心窝揭开,
叫蛰伏在老底的东西
一个个把原形现出来;
它在黑暗的僵尸上,
砍,砍,砍一万剑,
它的手臂永远也不酸;
天空被它辟开一条一条缝,
跟着掉下来了——
轰隆,轰隆,轰隆,
向着这古老人间的堡垒
光明的巨手
投下了千万吨炸弹!
霹雳碰着高山,它每条神经都吓得抖战;
霹雳掷下深谷,
千尺深埋的小虫
也惊破了胆;
霹雳滚过屋瓦,
瓦片颤动得发响;
霹雳响到心窝,
把良心的颜色擦得晶亮。
它震怒,它破坏,它扫荡,
它向沉睡的生命叫喊,
它是一句话,一个神的力量!
它是临盆阵痛的大叫,
它是光明使者的车轮碾过天空,

它用尽不可当的伟力,
向人间痛苦的妊娠催生。
听,雨脚插下来了,
像千万匹马,像战阵上叮当的刀兵,
在地上,在半空,
进行着一场激烈的斗争,
胜利归了光明,
你看,豪雨给人间洗刷出个多么光亮的天空。

      1943 年 8 月 31 日于歌乐山中

马 耳 山

试扫北台看马耳,

未随埋没有双尖。

——东坡雪后"超然台"上看马耳山句

马耳山,我的对门①,

当故乡的田园恋爱着

我单纯的心,

早晨,纸窗子一卷开,

就把你迎了进来;

晚上,门闩子一响,

你便叫黄昏领走了,

一抬脚跨过短墙。

你永远美滋滋地

---

① 我乡谚语:远亲不如近邻,近邻不如对门。(作者注)

笑向每一张投过来的脸,
这笑,滋养着千千万万的灵魂,
这笑,它是多么自然,多么温暖。
你永远不改变样子,
又像时时刻刻在改变,
每一次看上去都活鲜、神秘,
每一次都有点什么加添。

春天,你叫桃花
开在涧水两旁,潺潺的清流
用温柔的声音
招呼来几个洗衣的姑娘。
你掩藏了美,使美更美,
你挺立着身子看阳春的"野马"
赛跑在大地上;
你看见:扛着锄,牵着牛,
背着个沉重命运的农夫,
撒汗珠,撒脚印,
在湿润放香的黄土——
这一幅太美太惨的春耕图。

你看见夏季"秫秫头"①上
饱满了红色的希望,

---

① 高粱穗的俗称。

谷穗子沉重地坠下头去,
风磨得它唰唰地响;
你看见农家妇女们挎一只篮子
向田野去,
走在绣着花朵的绿色的地衣上,
断臂的高粱,草棵的长蔓,
挽留似的阻拦她,掣拉她的衣裳。
农人,赤条条没入到
绿海的老底,你,
看不见却听得见他们。

秋天,西风把大野吹空了,
把天吹高了,把水吹冷了,
从地面上吹出枯坟来,
萧萧的白杨替死人歌唱。
秋天的野坡
是孩子们的游戏场:
翻砖揭瓦,压细了呼吸,顺着声音
去探蟋蟀的洞房,
掘田鼠,捕蚂蚱,
心,追随猎犬的爪子,
"兔虎"①的翅膀;
猛然一抬头,呵,马耳山,

---

① 兔鹰。

碰上了你笑的模样。

白云在冬天
给你添了神秘,
我们望着你,唱着我们的歌谣,
游戏在太阳下,冷风里。
呵,冬天!寒冷抖着穷人的牙巴骨,
一身纸薄的裤褂底下
是红肿肿的一片酱色肉;
狂吼的风呵,它日夜向人示威,
把一个个小村庄抱在冰冷的怀里,
摇,摇,摇,
把乌鸦翻在半天空,
呱,呱,呱,
呵!生的穷愁像沉重的石头,
向我的心头压下!
当落日像一扇车轮
滚下苍茫的西天仿佛发出声音,
狂风把它的光线吹成了冷丝,
"日落北风死,
不死刮三日!"
马耳山呀,这哀怜的声音
你是听惯了的。

马耳山,晴天的日子

你便向人拢近了,
阴天,你又骑上云头
跑远了。
你看得真多呵!
你听见时间的罡风
忽忽地从耳边过路,
它把人间吹变了颜色——
把乌黑的头发吹成丝缕,
把童心吹成石头,
把笑把泪一起吹干了,
把人们,一代一代的
吹到土里去。
他们的辛苦悲酸,
你是知道的呵,
他们悲痛的生命,
在坟头上开出几朵惨白的小花,
马耳山呀,在生前
你安慰过他们,
死后,他们永远在你爱的辉光里住家。

你永远挣着一双耳朵
向着天空,
是要听出什么新的消息吗?
你永远倔强地站立着,
是要作成一个质问吗?

你,马耳山呵!

生活的鞭子,悲惨地抽着穷苦的人
离开家乡到天边去,
背着债主,背着邻人的眼睛,
起五更,黑暗殷勤地送他一程,
走着,走着,蓦然一回头,
望不见了你,马耳山,
他哭了。
当我还长着一副神话耳朵,
七十多岁的曾祖母告诉过我,
僧格林沁①的兵过境的时候,
你庇护过这一方的人,
你把云彩散布在头顶上,
在乱兵的眼里是清湛湛的一片汪洋;
这一次战争,
听说你也掩藏了游击队,
不,不但是掩藏,
在有利的时机上
你把他们送出山岗。

七年了,我们分离,
你像一位知心的密友,

---

① 清蒙古科尔沁亲王,姓博尔济吉特氏,与捻军作战遇伏死。(作者注)

在月夜,在梦里,
当我对故乡作着刻骨的相思,
一推门,你闯进我心的密室,美滋滋地,
灿烂地开花了——
我整个的记忆。

五岳的首长,泰山,
它的尊容我拜望过了,
武当山,它的名字天下轰传,
我也曾站在"擎天峰"上啸叫
朝着青天,
我玩赏它们的壮美,
可是我不能太爱它们,
因为它们只是一些岩石巧妙的堆垒。
我想,门前阡崖上那一排松树
(儿时月夜捉迷藏的时候,
它曾以它的荫影掩藏过我。)
也许被砍平了吧?
多少我的亲人、熟人,死了,老了,
又该有多少新生了,成长了;
我想着我再见到你时候的
那心境,我想着,除了
一串悲伤的故事,
该还给我述说一些崭新的事情……

1944 年 3 月 17 日于重庆歌乐山中

变

一条吃着烂黄的叶
成长的虫子,
把自己缚在
自己做成的茧筒里,
它在苦痛中
慢慢地变。
等你重新再见时,
它已经是一只
自由飞翔的蝶儿。

1944 年夏

生命的秋天

一

呵,是秋天了,高空爽朗,
使人想象一颗智慧的莹亮,
田野旷远无边,
像高人胸怀的坦荡,
秋水:明澈,冷静,凝练,虚涵,
镜面比不上,秋水
是洗炼过的心情,
是秋天大地灵魂的眼。
呵,是秋天了,你闭上眼睛
也会听到萧杀的声音
像刀兵,像死神的脚步:
踏过枝条,树叶抖战一下
去飘零;

踏过郊原,草低垂了头颈;
踏过园林,金色的果子
仓惶地落蒂;
鸿雁惊飞了,掉下一两声嘹唳,
当它们的脚步踏过天空。

二

呵,是秋天了,我生命的秋天,
它在封建的泥土里发芽,
它在革命的气流里开花,
眼前是一个大时代呵,在大时代的风暴里,
果实在它身上累累垂挂。
我是生长在农村里的,
我是野孩子队里的一个,
乡井溺爱了我,
也宠坏了我,
它给我划定了方圆十里,
我一直沉溺了十六个年头,
在这个狭小而又无限宽阔的天地里。
我认识了中国的农民,
从脸子,到内心,一直通彻命运,
我像认识自己一样,
认识了泥土给他们
雕塑的性格:勤苦、忍耐、朴实、善良,

我认识一颗谷粒,一颗汗珠的价值;
我认识穷愁的面相,
我也认识富贵人家的门台
有多高,享的福有多大,
罪恶有多深,我也会
在生活意义上来个比照。
我认识四季的风向,
云头的变幻,阴晴风雨
我会从鸟巢口上去测量,
我能向青山说话,同流水
调眼角,我能欣赏鸟儿的言语,
虫儿的音乐,我心里充溢着爱,
这爱深到不可丈量——
我爱泥土,爱穷人,爱大自然的风光。

三

生活给我打开了
两扇大门,我顺着一条
前进的路走,背负着
一个思想,怀着热情,天真,
和一扣就响的一颗血淋淋的良心;
虽然这一些多么不入时,给我招惹来
讥笑、耻辱、苦痛甚至于灾殃,
可是我坚信,坚信着

虚伪,残酷,丑恶的阴影
决不能遮盖了它们的光芒,
宇宙,人生,必须这光芒去照耀,
照耀得它温暖,明亮。
我做过革命前线上的
一个尖兵,
我也曾流亡在松花江上,
陪伴我的是秋风;
爱情的险浪
几次向我冲打;
我活在黑色的恐怖里
像活在一道时时刻刻要倒塌的墙下。
我走着,沿一条曲折然而是前进的路径,
像一个远行客,坐上特别快车去旅行,
隔一片玻璃,看云烟,一卷又一卷,
看田野,树木,庄村,驰过眼前,
一闪就是一次人生,当你想去把捉的时候,
它已经成了茫茫的前尘。
跋过山,涉过水,穿过大戈壁,
风,一阵冷,一阵暖,一阵热,
车开进了一个站口,
木牌上标着"四十"两个大字!
回头向过去看,青春的欢乐,
欢乐的悲伤,也不过一步远,
我还是那一副耳朵,那一张口,那一颗心,

那一双眼,

而生活的颜色,声音,味道,意义,

都变得这么可怕,这么惨!

我曾经"拭干眼泪瞅着你们变",

今天,我知道,我该"拭干眼泪跟着你们变",

历史的情感拼死地拖着我的脚,

理性的杆子却牵引我向前。

站在深黑的古井前

照一下镜子,

不管感伤像云烟,

我必须再起步向前,时代在飞,

我的步子也不容再那么踟蹰。

吓人的新鲜,说谎一样的真实,

像把梦搬到了实地上,人眼前;

我所爱的穷人,吃了智慧的果子,

从蒙蔽里睁开了眼,显示了

自己是英雄,是上帝,

用顿然觉醒的聪明,用万能的手,

在地上建立起自己的乐园;

我所憎恨的,因为它们自身的丑恶,

也为多数人所憎恨,它的寿命

像落土的阳光一样促短。

用希望绘制了多年的新生的图案,

一旦显现在眼前,这是怎么回事,

对着它,我反而有些陌生,有些畏缩,

有些不习惯……

四

四十岁,必须战胜自家,
从老干上抽一枝新芽,
(我正在做着惨烈的斗争!)
四十岁,另换一双眼
重新去看。
理性告诉我"是"的,
情感须得从心里也说"是",
另给自己的眼睛、耳朵、口和心,
安排一套新鲜的感觉、口味、颜色和声音,
让整个的心浸润在里边
像鱼游泳在水里,
我必须变成群众里面的一个,
像我曾经是孩子队里的一个一般;
我必须再造欢乐的、"欢乐的悲伤"的
第二个童年。
我将用心去吸取生命的花朵,再酿造,
然后吐出来去营养别个;
我将用"手"治疗自己的
忧郁病、感伤病、神经病、心病——
知识分子病;
我高兴可以舒舒坦坦地活着,

活在光明的照耀里,呼吸着
群众呼吸的气氛,我情愿卸下诗人的冠冕,
做一个平平常常的人。

1944 年 8 月 14 日渝歌乐山中

爱的熏香

设若我死了,
设若我死前还有一点时间,
我一定写下一句最后的请求,
仅仅是一句,留给我的亲人去看。
什么也不说,把双眼一关,
死去了,曾经生活过,
没有感谢,也没有抱怨。
生活了一辈子,
希望抖战着手乞求的,
没有一件被痛痛快快地给,
这最后的请求,仅仅是一句,
你们,我的亲人,可不能再叫它缩回只空手。
可不能再叫它缩回空手,
仅仅是一句,这最后的请求:
不管路多远,山多高,水多深,
"一定要把我葬埋在故乡!"

贴近我故乡有一道西沟,
西沟崖上有一块小小的坟场,
我年青的父亲就埋在这儿,
左右的坟里都是贫穷的乡里。
(他的乳母,带着白发和慈悲,
　偎依在他身边,永远把他当
　一个孩子。)
这块可怜的茔地,
像一个可怜的穷村,
小小的土坟,荒草蔓延,
他们的死后,就像他们的生前。
没有石碑,没有别的标记,
连一条小径也不留,
四周都是枯瘠的田地。
就在这些穷人的身旁,
匀给我一小块安身的地方,
我们彼此挨近,像生前,
挤着点儿大家都温暖。
我们从来没有野心,
不论死后还是生前,
贫困,受苦,良善,
一个十分卑微的好人。
右手的阡崖做坟墓的枕头,
几株马尾松又瘦又硬,
它一年四季恋着清风,

175

一听到脚踪它就动了激情。
也常有不知名的鸟儿,
来枝头上唱歌,
唱完了,又飞走,
好给人心上保留着寂寞。
春天,野花开在我们头上,
隔着土地也闻到了芳香,
草绿了,绿得像那个人的眼睛,
细雨潮润了我们的床。
听到了叱牛,也听到了犁头破土,
犁头破坏了我们的房屋,
可是我们并不生气,
还情愿为着穷人缩一缩身子。
暴雨把西沟灌一个饱,
像一个粗暴的人日夜吼叫,
这声音叫醒了我的记忆,
我又变成了个快乐的孩子。
睁开眼什么也望不到——
除了矮的谷子,高的高粱;
耳朵也听不到别的声音,
只听到农人的歌唱,蟋蟀的歌唱,
只听到一片生机在大地上响。
秋天,白云贴着天飞,
淡,淡得像烟,
眯缝着眼看,像孩子时代,

好好地看看天,看看云彩的变换,
在生前,生活得太匆忙,
没有闲情,也没有时间。
树叶凋零了,隔一片疏林,
望过去,望得很远,
隐藏在林子身后的"西河",
在金色的阳光下一闪一闪。
那不是"焦家庄"吗?跨在河岸上,
住在这村庄里的人民,
没有一家不穷困,
没有一个不可怜,
虽然它给我童年的心上,
种满了快乐,
可是,它最怕回味,嚼咀!
大地在冬天盖一床白雪的厚被,
把头一蒙,我入了永不天亮的冬眠。
我太爱这乡土,太爱这块土地上的人民,
这爱是那么浓烈,那么醇厚,
它的熏香使我不朽!

1944 年 11 月 20 日

星　点(九首)

一

"伟大！伟大！"
说顺了嘴
再也不觉得肉麻，
"伟大！伟大！"
听惯了，
仿佛它就是你自家，
伟大？什么！
不过是把人性
调换了一副铁甲。

二

神秘,残忍,吹捧,

这三合土，
在常人心坎上
塑成功"英雄"。

三

你觉得，
自己崇高得不得了，
请站在喜马拉雅山脚下
向上一抬头，
请站在大洋的边岸上
向远处一放眼，
请站在群众的队伍里去
比一比高。

四

我爱一棵小草，
我爱一颗小星，
我爱孩子的眼，
我爱一缕炊烟
缠起微风。

五

苦难是滋养人的,
把诅咒吞下去,
让它化成力!
不要想象着自己的孤独,悲愤,
在茫茫的人海里,
心在寻找着心。

六

你会觉得心的太阳
到处向你照耀,
当你以自己的心
去温暖别人。

七

你问我生命的意义,
我说,它的意义
就在于它永远不满足。

八

渴望着家,
到了家,
却永远失掉了家。

九

回忆,
是彩虹,是深渊,是墓场,
它粘贴着我,
像一件湿的衣裳。

1945年3月

消 息

一听到最后胜利的消息,
故乡,顿然离我遥远了。

1945 年 9 月于渝歌乐山

毛泽东,你是一颗大星

毛泽东,你是一颗大星,
不亮在天上,亮在人民的心中,
你把光明、温暖和希望
带给我们,不,最重要的是斗争!
你举着大旗,一面磁石,
从东南向西北,激流一样地冲击,
冲过千重山,万重水,
冲决了一道又一道围困的大堤,
这二万五千里的大工程,
有什么可以比拟!有什么可以比拟!
有些吃反动宣传饭的家伙,
在你脸上描红胡子,乱涂水粉;
有的人也太过分,
把你的事业当神话来过瘾。
我们朴实的人民不这么想,
我们认定你是一个

顶精干的人,顶能战斗的人,
把生命,希望,全个儿交付给你,
我们可以毫不担心!
你领导的成功,并不是什么奇迹,
抓住人民的要求,你就慷慨地"给";
你的大业如果有点什么神秘,
那就是革命,革得真,革得彻底!
你使陕北的一片荒山,
生长出丰足的五谷杂粮,
你使千万穷苦的人民,
有田种,有饭吃,还有文化的滋养,
疾病袭来了,
有药石代替巫卜的仙方。
在你荫庇下的人民
重新活了,像春风里的枝条,
眼里不再淌酸辛的泪水,
恐怖,恼恨,也从心里拔去了根,
屋檐挨着屋檐,邻人们互相亲近,
血脉,感情,心灵,活泼泼地,
像流水,彼此灌注,交流,
淙淙地流出了生之欢快的声音!
在延河两岸,在解放了的土地上,
人民,有心情也有权利唱自己心爱的歌;
诗人,小说家,随着自己的心愿写自己心爱的
　诗句和小说;

工人不再愁没工做,而且只管做工,
就不必再愁别的什么;
士兵在打仗,这还不算,
他们明白打仗的全部意义,
他们才打得那么勇敢,
八个年头,解放了半个中国,
解放了的人民,少说一点,也有一万万多。
这些土地上的人民,活着才真是活着,
活着,才像活在自己的祖国里,自己的大家庭里,
他们生命的天空上,
天,已经放亮。
延安是一块新的土地,
延安是一个光明的海洋,
新的土地上产生新的人类,
延安,多少人念着这个名字,
心,向着它打开了天窗。
毛泽东,你是全延安,全中国,
最高的一个人,
你离开我们千万里,
你又像在眼前这么近……
为了打倒共同的敌人,
你主张团结,抗战胜利了,
你还是坚持团结,
因为你知道,今天人民要求的不是内战,
是和平,是民主,是建设。

用自己的胸膛

装着人民的心,

你亲自降临到这战时的都城,

做了一个伟大的象征。

从你的声音里,

我们听出了一个新中国,

从你的目光里,

我们看到了一道大光明。

1945 年 9 月初

人民是什么

人民是什么?
人民是面旗子吗?
用到,把它高举着,
用不到了,便把它卷起来。

人民是什么?
人民是一顶破毡帽吗?
需要了,把它顶在头顶上,
不需要的时候,又把它踏在脚底下。

人民是什么?
人民是木偶吗?
你挑着它,牵着它,
叫它动它才动,叫它说话它才说话。

人民是什么?

人民是一个抽象的名词吗？
拿它做装潢"宣言""文告"的字眼，
拿它做攻击敌人的矛和维护自己的盾牌。

人民是什么？人民是什么？
这用不到我来告诉，
他们自己在用行动
作着回答。

1945年冬于重庆

邻 居

——给墙上燕

欢迎,你,
来我这堂屋里安家,
在这苦难的岁月里,
我们一样是作客在天涯。

听说,你顶会选择人家,
我高兴你来和我作近邻,
这座房子,可以避风雨,
我们都有一颗无害于人的心。

我给你在东墙上钉了一个竹窝,
一早,我忙着给你去开门,
晚上,我留着门等候你,
像等候一个迟归的亲人。

为什么,飞来飞去
总是孤孤单单的一个?
我怕看见你的影子,
也怕听到你的歌。

暴风雨快要来的时候,
我手把住门站在屋檐下,
东边望了西边望,
觉得心焦又觉得害怕!

今天,你说我有多么快乐!
当我看见你不再是一个;
我的心永远不能安宁,
如果有一个人不能幸福地生活。

1946年春于渝歌乐山大天池

"警员"向老百姓说

亲爱的赵大爷,钱二哥,孙大娘,李幺嫂,
亲爱的诸位市民,各界同胞!
我们常常摸着胸口问自己,
我们长官训话的时候也常常提起:
"你们吃的哪个的饭?
你们穿的哪家的衣?"
"都是人民的,都是人民的,
人民就是我们的主子!"
所以,所以,亲爱的同胞,
保护你们是我们的唯一天职!
我们一向工作
本着这个目的,
何况就到了今天,到了今天,
人人都说是"人民世纪",
这更是义不容辞!
　　　义不容辞!

我们要常常登门拜访，
日期没有准，时间也说不定，
总之，我们要来得很勤，很勤，
警民打成一片，
大家亲爱精诚！
我们要访问贵府家有几口？
几个娃儿，几个大人？
几个男，几个女，
几个在家，
几个出了门？
连生日八字也要弄个清楚，
到底是生在民国，
还是光绪宣统年间？
在什么地方落的草——
哪一省，哪一县，
哪一保，哪一甲，
门牌多少号？
在什么时辰下的生？
子时，丑时，还是寅卯？
小字？别号？学名？乳名？
顺便我们再问一问绰号，
因为它最能够代表一个人的品行。
你曾祖父叫什么名字？
在阳世活了多少年？
是作官？是经商？

是务农？还是下苦力吃饭？
他死了,埋在什么地方？
坟的山向朝北还是朝南？
你祖父,你父亲,
又是些什么样的人？
如果是死了,
是病死的？是自杀死的？
还是有别的其他原因？
他们活着的辰光,
都是做些什么事情？
死了的时节,
哪些人曾来灵前哭过？
眼泪流了多少？
哭的伤心不伤心？
现在,撇开死的,
向活的访问：
你家里有几间屋？
几扇窗？几合门？
你灶门的方向朝哪？
墙头有几尺高？
墙外是旷野,是河流,
或是别的近邻？
这鬼年头,奸险匪暴到处横行,
哪些人常同你来往,
我必须暗地里替你留心！

我还要留意你的一些特征——
高个儿还是矮子?
肥白还是黑瘦?
穿中装还是西服?
什么颜色?什么质地?
出门的时候,
常向西还是向东?
常坐车还是步行?
为了这一些大事小节,
我们鞠躬尽瘁,不辞劳苦,
无非是,无非是为了你们的安全,
随时随地好加以保护!
我还想侦察一下
你们都在看些什么书?
参加些什么活动?
对国家大事作何感想?
脑子里装着一些什么?
这绝对不是我们多事,
为了责任,我们不能不替你们担心,
这是什么时代呀,
这时代,邪说像猛兽到处吃人!
这,你们该明白了,
我们"深入民间"全是为了你们;
可是,你听,多少人在乱嚷乱叫,
说我们是"法西斯蒂",

真是"好心当了驴肝肺",
真是冤枉,真是岂有此理!
亲爱的市民们,
千万不要听那一派胡扯,
这明明是坏蛋们别有用心!

    1946年5月22日于渝歌乐山大天池

歌 乐 山

我放弃了歌乐山,
我永远占有了歌乐山。
歌乐山,歌乐山,
把脚印子留在战地上,
我在歌乐山的山窝里
静静地生活了三年。

我放弃了歌乐山,
我永远占有了歌乐山。
歌乐山,歌乐山,
那青峰,那绿竹,那云烟,
杜鹃叫得啼血的季节,
那满山血红的红杜鹃。

我放弃了歌乐山,
我永远占有了歌乐山。

歌乐山,歌乐山,
大院子,老土屋,
我的心舒贴贴地
贴近着那一家农民,我的好邻居。
我看着他们忙,
我帮着她们忙,
我看着田里的秧子长成针,
我闻到满院里谷子香,
小园子里长着各种青菜,又肥又嫩,
男的忙,女的忙,睡半夜,起五更,
带着星光担到菜市上。

歌乐山,歌乐山,
我怕想离开歌乐山的那一天:
大孩子们追着我,小孩子们哭,
老太婆叮嘱了又叮嘱,
我像一个初次离家的孩子,
头也不敢回,含着眼泪走下了那条小山路。

"明儿你走了,走到南京,走到天边,
我们不是一样可以看到这颗大星?"
那位姑娘说这句话的时候,
她抬起头来望着西天,
那儿有一颗大星,出得最早也最亮,
天一煞黑,它便在西边的山头上向我们眨眼。

我在大江的黄昏里,一个人向着这颗大星望个半天,
它一直跟着我来到了这海边;
托着它的那山峰呢?
和我并着肩看它的那些人呢?
歌乐山,歌乐山,
我放弃了歌乐山,
我永远占有了歌乐山。

1946 年 8 月 3 日下午于沪

星　星

我爱听
人家把星
叫作星星。

夜空是另一个世界,
星星是它的子民,
谁也不排挤谁,
彼此密密地挨近。

它们是那么渺小,
渺小得没有名字,
它们用自己的光圈,
告诉自己的存在。

仰起脸来,
向着那白茫茫的银河,

一,二,三,你数,

呵,它们是那么多,那么多……

1946 年 8 月 4 日午于沪

竖立了起来

竖立起来的不是铜像
而是普希金他本人

一百一十年前的沙皇,
他的骨头
已经腐烂在
他统治过的那块土地上;
他的声名
也在一天一天地黯淡,
像一颗大星
没落在历史的黎明。
然而,当年他却是那么威风,
把宇宙挂在一个小拇指上,
叫它旋转,
举起一只巴掌来,
可以遮盖整个的天空!

一百一十年后的普希金,
生命开始展开,
把精神凝铸成铜像,
以世界作基地,一个又一个地竖立了起来。
你高高地站立着,
给人类的良心立一个标准,
你随着时间上升,
直升到日月一般高,
也和日月一般光明。

你站在那儿
向苦难的人群招手,
把温暖大量地抛给;
你站在那儿
向斗争的行列指示,
给他们以全力的支持!
你站在那儿
像一个讽刺,
唾向那一张一张的面孔,
那些面孔就是险阴、残忍、庸俗和自私。

小孩子们
在你脚下的草地上玩耍,
仰起脸来望望你,

呼一声"普希金伯伯";
你笑着,要走下来,
摸摸他们的头,
加入进他们的队伍一道去嬉戏。

走过你身边的人们,
忽然停住了步子;
你,默默地在想什么?
想给他们朗诵一篇自己的诗?

你庄严而又和蔼地
站在那儿,
仿佛可以听到你心的跳动
和透露出喜怒哀乐的呼吸。

我,一个中国的寒伧诗人,
你生前遭受过的,
在我也全不稀奇,
剪刀和监牢向我张着大口,
诽笑、穷困永远跟在我后头,
我爱祖国的人民和土地
和你爱的一样深,
可是,这也是一样的呀,
这种爱在眼前的中国,
是犯法,而且有罪的!

一百一十年的时间
校正了一点：
当年，在俄罗斯，是诗人领导着人民向前走，
在中国，今天，人民却走在了诗人的头前。

1946 年 12 月 20 日

谢谢了,"国大代表"们!

谢谢你们,
两千多位
由二十几个省份的"民意"
制造出来的"国大代表"!
你们辛苦了,
冒着冷风,
冒着翻车和飞机失事的危险,
不远千里而来,
为了民族,
为了国家,
为了千秋万代的子孙!

真的谢谢你们了,
你们为了国家的"百年大法"
彼此辩论得脸红耳赤,

（又是"锅贴",又是"汽水"①。）

有的把性命也牺牲了,呵,竟至如此,竟至如此!

一时也没忘记民众的嘱托,

你们是那么认真,

那么热烈,

有"反",有"正",

产生了那么庄严完美的一个"统一"!

从此,

我们的国家

有了一条轨道,

从此,

我们老百姓

可以"治",

可以"有",

可以"享"了。

从此,

我们不再被拉夫,抽丁,剥削;

从此,

我们可以不再挨饿在家里,冻死在路旁;

从此,

我们不再自行落水,或者终年患着窒息……

谢谢你们,

---

① 国民党伪"国大"开会时,丑态百出。"锅贴",打耳光;"汽水"指"咝咝"嘘斥之声。

劳苦功高的代表!
虽然你们已经
回到各省去受同胞们的爱戴去了,
但是,你们留下了一部大"宪法"
做一个永久的去后之思!
你们开了那么多天的大会,
才花了八十多亿,
现在的钱又毛,这真不成个数目,
招待不周,一切委屈,
请多多大肚包涵了。
这部奇迹,这部"百年大法",
真是我们的无价之宝,
就算一千万元一个字,
天理良心,它也值,它也值!

你们走了,
把整个石头城撤空了。
可是,我们情愿
挤在公共汽车里做沙丁鱼,
看着"招待车"空着满街跑;
我们情愿
进不到馆子,饿瘦一点,
好向你们表示一点敬意;
我们情愿
身上的灰垢蓄一寸厚,

也把澡堂子让出来,
叫你们躺在那儿多多休息一会儿;
我们情愿
多出血汗钱买点贵东西,
决不怨恨,反而觉得高兴,
因为,由于这一切,
我们才感觉到你们贴近在我们身边,
你们是在"这里"!

你们走了,
你们竟然撇下我们走了!
我们感觉着多么空虚!
连那座大会堂,
连街上那一条一条的大红柱子,
连门前的石狮子也说上,
顿然被闪得直挺挺,死板板,空虚虚,
没有半点生气!

当我乘着开放的机会
走进这座大会堂,
呵,我多么高兴!
又多么悲伤!
我向每样东西上
去接触你们的眼光;
我向每一口呼吸里

去嗅味你们的"正气";
我向每一寸地板上
去印证你们"伟大"的脚迹……
我仿佛听到
你们滔滔的雄辩,
我仿佛看到
"崇高"的影子一个又一个站立了起来……
我由于感激流下的眼泪
把一切都模糊了。
我严肃而又恭敬地
一步一个战栗地
走上了高高的主席台,
向着主席的"宝座"
落坐了下来,
我觉得我害怕,
然而我心里念念着:
我也做了一秒钟的"主人翁"。

         1947年1月2日于沪

生命的零度

前日一天风雪,
昨夜八百童尸。

八百多个活生生的生命,
在报纸的"本市新闻"上
占了小小的一角篇幅。
没有姓名,
没有年龄,
没有籍贯,
连冻死的样子和地点
也没有一句描写和说明。
这样的社会新闻,
在人的眼睛下一滑
就过去了,
顶多赚得几声叹息;
人们喜欢鉴赏的是:

少女被强奸,人头蜘蛛,双头怪婴,
强盗杀人或被杀的消息。

你们的死
和你们的生一样是无声无臭的。
你们这些"人"的嫩芽,
等不到春天,
饥饿和寒冷
便把生机一下子杀死。

你们是从哪里来的?
是从那响着内战炮火的战场上?
是从那不生产的乡村的土地里?
你们是随着父母一道来的吗?
抱着死里求生的一个希望,
投进了这个"东亚第一大都市"。

你们迷失在洋楼的迷魂阵里,
你们在珍馐的香气里流着口水,
嘈杂的音响淹没了你们的哀号,
这里的良心都是生锈了的。

你们的脏样子,
叫大人贵妇们望见就躲开,
你们抖颤的身子和声音

讨来的白眼和叱骂比悯怜更多；
大上海是广大的，
　　　　温暖的，
　　　　明亮的，
　　　　富有的，
而你们呢，
却被饥饿和寒冷袭击着，
败退到黑暗的角落里，
空着肚皮，响着牙齿……

一夜西北风
扬起大雪，
你们的身子
像一支一支的温度表，
一点一点地下降，
终于降到了生命的零度！

你们死了，
八百多个人像约好了的一样，
抱着同样的绝望，
一齐死在一个夜里！
我知道，你们是不愿意死的，
你们也尝试着抵抗，
但从一片苍白的想象里
抓不到一个希望

做武器,
一条条赤裸裸的身子,
一颗颗赤裸裸的心,
很快地便被人间的寒冷
击倒了。

你们原是
活一时算一时的,
你们死在哪里
就算哪里;
我恨那些"慈善家",
在死后,到处捡收你们的尸体。
让你们的身子
在那三尺土地上
永远地停留着吧!
叫发明暖气的科学家们
走过的时候
看一下;
拦住大亨们的小包车,
让他们吐两口唾沫;
让摩登小姐们踏上去
大叫一声;
让这些尸首流血,溃烂,
把臭气掺和到
大上海的呼吸里去。

1947 年 2 月 6 日于沪

表 现

——有感于台湾事变

五十年的黑夜,
一旦明了天,
五十年的屈辱,
一颗热泪把它洗干,
祖国,你成了一伸手
就可以触到的母体,
不再是,只许藏在深心里的
一点温暖。

五百天,
五百天的日子
还没有过完,
祖国,祖国呀,
你强迫我们
把对你的爱,

换上武器和红血
来表现!

1947 年 3 月 8 日于沪

照 亮

——闻一多先生周年忌

当身子
倒下去的顷刻,
你,向永恒
站立了起来。

当喉咙
不能够再呐喊的时候,
你的声音
也就更加响亮。

是这样的一个死啊,
把爱和恨提高到顶点,
而同时,你的人
也被它照亮了。

1947 年 7 月于沪

有 的 人

——纪念鲁迅有感

有的人活着
他已经死了；
有的人死了
他还活着。

有的人
骑在人民头上:"呵,我多伟大!"
有的人
俯下身子给人民当牛马。

有的人
把名字刻入石头想"不朽";
有的人
情愿作野草,等着地下的火烧。

有的人
他活着别人就不能活；
有的人
他活着为了多数人更好地活。

骑在人民头上的，
人民把他摔垮；
给人民作牛马的，
人民永远记住他！

把名字刻入石头的，
名字比尸首烂得更早；
只要春风吹到的地方，
到处是青青的野草。

他活着别人就不能活的人，
他的下场可以看到；
他活着为了多数人更好地活着的人，
群众把他抬举得很高，很高。

1949 年 10 月于北京

海滨杂诗(组诗)

海

从碧澄澄的天空,
看到了你的颜色;
从一阵阵清风,
嗅到了你的气息;
摸着潮润的衣角,
触到了你的体温;
深夜醒来,
耳边传来了你有力的呼吸。

会合

晚潮从海上来了,
明月从天上来了,

人从红楼上来了。

归 来

火红太阳从海上升起。
渔船回来了,
满仓银鳞耀眼的鱼。
"爸爸——",
一个孩子在沙滩上跳跃,
涛声把他的欢呼抢去。

送 宝

大海天天送宝,
沙滩上踏满了脚印,
手里玩弄着贝壳,
脸上带着笑容,
在这里不分大人孩子,
个个都是大自然的儿童。

大海的使者

清风,大海的使者——
从海面上吹来,
从高楼的红瓦棱里吹来,

从海涛似的绿树间吹来。
你替旅人拂去一身尘土，
从他们心里把闷热拨开，
青岛呵,对于远道而来的游客,
你就是一个绿色的海。

亲　近

天天早晨在沙滩上碰面，
我们彼此并不相识；
我们彼此并不相识，
天天傍晚碰面在沙滩；
大海使我们亲近起来，
老朋友似的打着招呼。

青岛的颜色

我要用自己的皮肤，
把青岛夏天的颜色带回去。
我叫海涛给冲上去，
我叫太阳给晒上去，
我叫沙滩给烫上去。

旧 游 地

二十年后的一条身子，

来到了二十年前的旧游地，

登上当年的石头楼

向远处放眼：

那些军舰的铁链解除了①，

大海呵，

你呼吸得多么自由舒坦！

踏踏踏，再也没有了刺耳的木屐声，

不见了那些"季候的恶鸟"——

用"文明的皮鞭"抽打中国人的美国水兵②，

我们的海军战士

在港口上一站，

大海呵，

你是多么威严不可侵犯！

海 军

早晨的操场上，

---

① 指美、日帝国主义军舰。
② 我当年在青岛时，每届夏季，美国军舰开来青岛避暑，美国水兵喝得醉醺醺的，用皮鞭抽打中国人，当时我曾写了一篇《文明的皮鞭》，发表在《东方杂志》上。（作者注）

练操的步伐把大地震动；
傍晚，绿树荫里
闪动着赛球的
轻捷身影；
玻璃窗里透出灯光，
灯光下传出琅琅的读书声。

儿子和大海

农闲时节他赶来看儿子，
儿子是海军战士，
没事早晚散步到沙滩，
独个儿对着大海。

等他回到家里以后，
夜里常常做梦：
碧绿的波涛像野马奔腾，
黑色的飘带飘着海风[①]。

一 瞥

海水蓝，天色蓝，
一片蓝色分不开边，

[①] 海军制帽有一双黑色飘带。（作者注）

它作了一个少先队员的背景,
她的红领巾红得比虹还鲜艳!

她 和 他

爸爸驾起渔船出海去了,
留下她一个把家门守望,
凉棚下,手拿一本识字课本,
我知道她的心并不在书上。

一个年轻的渔人在沙滩上晒网,
来来回回渔网总拉不平,
两双眼睛一碰就发光,
我知道他的心并不在渔网上。

引 诱

午睡醒来,
海潮和弄潮人的欢呼
一齐涌进了窗子。
多诱人的声音呵,
它比绳子更有力!

脱 下 了

脱下了,脱下了
身上和心上的负载。
大海呵——绿色的世界,
一个个轻快的身子
投向你起伏的胸怀。

湛 山

湛山,绿树给大道铺上凉荫,
远山近山像永不消散的云,
大海用双臂环抱着你,
湛山,你是胜地青岛的青鬓。

解放以前这里是禁区,
大好山水沾染了"达官贵人"的污尘,
今天,林荫道上走着工人、作家、干部……
千里万里,他们作了夏天青岛的画中人。

海 水 浴 罢

热沙子烫得脚发痒,
一身轻便走在归途上,

一顶草帽遮住天上的太阳，
一个影子在地上晃。

"再见，大海"

一早我向大海辞行，
大海在雾罩里还没有醒，
踏着沙沙作响的沙滩，
"再见，大海"，我回头向大海投一个青眼。

1956年7月24日至8月于青岛湛山路

照片上的婴孩

照片上一个小小的婴孩，
看样子三周岁也还不满，
她用天真的笑脸向着我，
我们面对面过了三年。

我们面对面过了三年，
她的人却隔着万水千山，
反动派杀死了她革命的爸爸，
她跟着妈妈在希腊坐监。

阴森的牢房代替了托儿所，
铐镣声伴奏着妈妈的儿歌，
她还是一个无知的童婴，
竟然成了小小的囚犯一名！

阳光洒在照片上的时候，

我便想到她在铁窗里的情景,
听到儿童车呼唤我小女儿的声音,
她仿佛向我瞪起希望的眼睛。

可是,她什么也还不知道,
她只会眯眯地向着人笑,
她笑得多么天真,这笑呵像一条鞭子,
抽打着世界上的正义和良心!

时光已经过了三年,
我早已失掉了她的照片,
她的名字也追忆不起来了,
她的笑容却花朵一般的灿烂。

时光已经过了三年,
仇恨慢慢地把她喂大,
她会像熔炉里炼出来的一块钢铁,
当她完全懂得了一切!

1957 年 4 月 10 日

附记:1953 年,我从《大公报》上剪下了一幅婴儿的照片,放在案头台历上,天天相对,一直三年。后来过年换日历把照片弄掉了,心里好久为之不安!从照片的说明上,知道这个小女孩的爸爸尼古斯·柏洛扬尼斯是希腊共产党员,被反动政府杀害了,妈妈艾丽·舒盎尼多在坐监牢,这张照片就是在牢里照的。看样子,她不过两岁多。

我 的 祝 愿

——和"时光老人"的对话

去年除夕的夜间,
中央号召的宏声在耳中萦缠,
心跳像催阵的鼓点,
翻来覆去,身子在床上辗转。

想想舍我而去的一年,
想想更不平凡的明天,
自己应该怎样迈开大步,
在这新的长征的起点?

我正在作着美好的打算,
一位不速之客突然来到我的眼前,
他白发红颜,笑容满面,
说来对我作最好的祝愿。

他和气地对我说:你不要吃惊,
我们素不相识,但天天见面,
你该听说有位"时光老人",
人们这样把我呼唤。

一听说"时光老人"驾到,
我心里说不尽的喜欢,
我对他说:我正有事相求,
希望您答应,千万,千万!

我对他说:我已经七十四岁,
过去的岁月点点斑斑,
我请您砍去四十个年头,
使我回到三十几岁的壮年!

老人态度和蔼,侧起耳朵倾听我的发言,
一朵微笑挂在他的嘴边,
对于我的请求,从样子上看,
他确乎是有点为难。

他回答我说,你知道我的性格,
从来不回头向后看,
你知道我的任务,
永远不断地向前,向前!

我明白了,过去的不能倒转,
"时光老人"也没有回天的大权,
但如何是好呵,我年轻的心情
和年老的岁数老是在作战!

第一个请求没有实现,
我再提出第二个心愿:
让我亲眼看到"四个现代化"胜利完成的终点,
否则,就是死了,我也合不上双眼!

听到这里,"时光老人"发出了一声赞叹,
好似我真挚的情意把他感染,
他捋了捋飘飘的银须,
把雪白的头点了几点。

他说,你的心意值得同情,
你的志愿自自然然,
那么我答应你的请求,
让你至少再活二十二年!

你活着不能光是用眼睛看看就算完,
要倾注满腔热情,全身的力量,
在新的长征途程中,为"四个现代化"
添一片瓦,加一块砖。

他说,这次我没有空手来,作为新年的礼品,
赠你一支彩笔,一叠素笺,
希望你写上动人的新诗一万首,
美丽的散文一千篇。再见,再见!

        1979年1月4日

蜜　蜂

我的庭院像个小花园,
蜜蜂争着来花心钻探,
片刻不停,从这朵飞到那朵,
嗡嗡地唱出心里的快乐。

夏日的骄阳烧起一把火,
队里的一员在地上坠落,
小小体躯一劲地旋转,
它在忍受痛苦的折磨!

望着伙伴们在勤奋劳动,
头顶的天空无限辽阔;
自己辛苦采集的花粉,
一点一点随风散落。

我用一片绿叶作船,

把它过渡到阴凉角落,
它拼力挣扎又回到原处,
我的心和它同样难过!

它是想磨亮脑中的磁针①,
奋力飞回集体的老窝?
它是想找个同伴带回个音信:
"我死在远处,没有完成工作!"

1984 年 4 月 27 日

---

① 报载,蜜蜂头中有条小小磁针,可以定向,这磁针在太阳底下更加明亮。(作者注)

蜻　蜓

浓云在天空布阵，
人心像闷雷不响，
蜻蜓试作天气预报，
成群结队高高飞翔。

一阵暴雨降下了凉爽，
水珠擎在绿色的叶上，
头顶低飞着欢乐的一群，
成了儿童们追逐的对象。

有的用长竿扑打，
有的挥动着线网，
可爱的金色天使，
一个个遍体鳞伤。

有一个在密叶深处停息，

它已经耗尽了全身的力量,
孩子们的眼光尖得像麦芒,
我用身子给它作屏障。

一个惊心的场景出现在眼前:
一只小手捏着十只透明的翅膀,
它们好似在拼命地呼喊,
向我投出了求救的目光。

我摇晃着糖块,发出诱惑的光亮,
小孩的小手儿突然一放,
我紧紧缩小了一颗心,
逐着金翅飞到了天上!

       1984 年 4 月 27 日

我

我,
一团火。
灼人,
也将自焚。

1992年

——我是个执著人生、热爱祖国与人民的人。有志向,富热情,易激动,爱朋友。由此,日夜燃烧,受大苦,得大乐。我有个习惯,好用短句,随时记下个人深切的感受。前年,为给自己的精神写照,记录下这样两个句子:"我是一团火,灼人将自焚。"去年,经过深思锤炼,成为十字四行的短小的诗。近来,我多写旧体诗,没写新诗了。近日,在给屠岸同志的信中,兴来将它插入,我原来没有发表的想法。

1993年10月

知识链接

【文学常识】

一、作家介绍

　　臧克家,中国现代著名诗人,曾用名臧承志。1905年10月出生于山东省诸城县臧家庄。1923年夏,考入山东省立第一师范学校,开始习作新诗。1927年,考入中央军事政治学校武汉分校,曾参加北伐。1929年,在青岛《民国日报》上第一次发表新诗《默静在晚林中》,署名克家。1930年考入国立青岛大学(后改为国立山东大学),1934年毕业。1933年出版第一部诗集《烙印》。1934年至1937年在山东省立临清中学任教。1936年参加中国文艺家协会。1937年以后,积极投身抗日宣传工作并在抗日机构中担任实职,曾到对敌前线采访。开始系统的编辑活动,因为追求进步,历经坎坷与艰辛。1946年到上海,1948年流亡香港。1949年3月,在中共党组织安排下,进入北京。7月出席中华全国文学艺术工作者第一次代表大会,当选为委员。1951年加入中国民主同盟,曾任民盟中央文教委员会委员。1956年,从人民出版社调任中国作家协会书记处书记。1957年至1965年任《诗刊》主编。"文化大革命"期间遭受迫害,下放到湖北咸宁。1972年返回北京。1976年1月,《诗刊》复刊,担任该刊顾问兼编委。2002年出版12卷本《臧克家全集》。2004年2月在北京去世。

二、作家评价

除了时代背景所产生的必然的差别不算,我拿孟郊来比克家,再适合不过了。

——闻一多:《〈烙印〉序》,《烙印》增订本,开明书店1934年版

在中国诗歌史上,从探索新诗和对新诗艺术的锤炼方面臧克家先生都做出了很大贡献。

——孙玉石

三、作品评价

克家的诗,没有一首不具有一种极顶真的生活的意义。

——闻一多:《〈烙印〉序》,《烙印》增订本,开明书店1934年版

初期新诗人大约对于劳苦的人实生活知道的太少,只凭着信仰的理论或主义发挥,所以不免是概念的,空架子,没力量。近年来乡村运动兴起,乡村的生活实相渐渐被人注意,这才有了有血有肉的以农村为题材的诗。臧克家先生可为代表。

——朱自清:《新诗的进步》,《新诗杂话》,作家书屋1947年版

借鉴了一些古典的东西,同时也吸收了后来者的成就,他的诗凝练、朴实,对人们那种坚韧的精神予以了真实的刻画。在诗歌的各种潮流中,即使是包括后来先锋的、浪漫的潮流,臧克家所代表的那种贴近现实的风格都是不可替代的。

——孙玉石

【要点提示】

1.试分析本书《有的人》中的两个"有的人",代表哪两种人?

——"他活着别人就不能活的人""他活着为了多数人更好地活着的人"。根据上两句话,参照历史上的公众人物,自我引申。

2.除了副标题,作者只字未提鲁迅,为什么即或没有副标题,人们也知道这是歌颂鲁迅的呢?

——从作品中寻找有关鲁迅的意象:"俯下身子给人民当牛马""情愿作野草,/等着地下的火烧"。并从已掌握的鲁迅作品中寻找对应的形象:"横眉冷对千夫指,俯首甘为孺子牛""我自爱我的野草,但我憎恶这以野草作装饰的地面。地火在地下运行,奔突;熔岩一旦喷出,将烧尽一切野草,以及乔木,于是并且无可朽腐"。

3.《有的人》中有四行诗:"把名字刻入石头的,/名字比尸首烂得更早;/只要春风吹到的地方,/到处是青青的野草。"试想一下这四行诗句的前两行与后两行之间用了什么修辞手法。总结一下读过的诗,有多少用了这样的手法。

——跳跃。

4.对《老马》这首诗,臧克家曾说:"写老马就是写老马本身,读者如何理解,那是读者的事,见仁见智,也不全相同。"他还说过:"我曾写下《烙印》《生活》《希望》和《老马》表现我的人生观和生活态度。"

你认为"老马"的形象代表着什么?下列四项,请把不恰当的答案标出来。

A.《老马》写的就是一匹可怜的老马。

B.《老马》实际上写的就是诗人自己。

C.《老马》写的是受苦受难的旧社会的农民。

D.《老马》写的半封建半殖民地的旧中国。

——答案:A

5.如何理解诗中"眼里飘来一道鞭影,/它抬起头望望前面。"一句?是表现了鞭打下"老马"对未来充满向往和憧憬,还是表现了鞭策下"老马"对前途的茫然。请谈谈你的看法。

——结合整首诗来谈。注意上两行诗句:"这刻不知道下刻的命,/它有泪只往心里咽。"从主动与被动关系以及外在现实与内心活动的关系进行分析。

6.《老马》用句基本都是大实话,质朴无华,却是非常成功的诗。这是怎么做到的?谈谈你的看法。

——短小凝练:精准、形象概括性强,用字考究。节奏感强烈,重视韵脚的作用:作者视韵脚"是感情的站口,节奏回归的强有力的记号"。总结整首诗每句最后一个字之间的特点。

【学习思考】

一、建议找来艾青的诗,按照相同的发表时间,和臧克家的诗对比阅读,体会两人的异同。

二、勾画出这本小书中"击中"你的那些诗作品——以短小的为好,反复读,读出声来。注意:一定要整首地读,不要被所谓"诗眼"所俘获。另外,先总结自己的阅读感受,再参读前人的评价。